기억술사

3

KIOKUYA 3

© Kyoya Origami 2016
Illustration by loundraw
First published in Japan in 2016 by KADOKAWA CORPORATION, Tokyo.
Korean translation rights arranged with KADOKAWA CORPORATION,
Tokyo through Shinwon Agency Co.

오리가미 교야 장편소설 | 유가영 옮김

기억술사

3

진실된 고백

arte

차례

일러두기

옮긴이주는 괄호 안에 '옮긴이'를 함께 넣어 표기하였습니다.

현재 이야기 3

텔레비전을 켜자 마리야 슈가 나오고 있었다. 조리복이 아닌 검정 니트에 가르송 에이프런을 한 차림으로 스튜디오 안에 딸린 주방에서 요리를 하고 있다.

전에도 텔레비전 요리 코너에 출연해 요리 실력을 선보이는 것을 종종 본 적이 있다. 하지만 예능이나 퀴즈 프로그램처럼 요리와 전혀 상관없는 방송에 나오는 일도 많았기 때문에 나쓰키는 줄곧 그를 요리 잘하는 연예인이라고 생각했다. 그런데 아무래도 요리사 쪽이 본업인 듯하다.

듣고 보니 과연 프로의 솜씨였다. 채소를 자르는 모습이 클로즈업되자 손톱 끝까지 깔끔하게 손질된 것이 보였다. 요리를 접시에 담아 이탈리안 파슬리와 소스를 곁들여 게

스트에게 옮기는 간단한 동작도 그림이 된다. 카메라도 분명 그것을 의식하며 찍고 있을 것이다.

요리 실력이나 요리 자체보다 마리야를 찍고 있는 시간이 길 정도다. 여성 시청자가 많은 방송이니까 시청자 반응을 생각해서일 것이다.

(아아, 그래도 요리는 맛있을 것 같아……. 토마토에 허브와 치즈 리소토가 들어 있다니…….)

요리를 못하는 사람도 쉽게 만들 수 있는 손님 접대용 요리가 테마였던 것 같다. 화면 아래 표시된 레시피와 재료는 간단했지만 완성된 요리는 세련되고 화려해서 맛있어 보였다.

"맛있어! 오븐에 구운 토마토가 엄청 부드러워요. 치즈와 허브의 궁합도 최고네요."

"보기에도 예쁘고, 허브티 같은 것과도 잘 어울릴 것 같아요. 뜨겁게 먹는 게 가장 맛있겠지만 차갑게 먹어도 좋을 것 같아요."

시식한 출연자들이 입을 모아 요리를 칭찬했다. 마리야는 쑥스러워하는 기색도 없이 웃는 얼굴로 찬사를 듣고 있었다.

"와, 이거 정말 엄청 맛있네요. 게다가 근사하고. 이런 걸 만들면 여자들한테 인기 많겠죠? 네? 인기 많겠죠?"

"그럼요."

게스트로 출연한 젊은 예능인의 질문에 마리야가 겸손한 기색도 없이 선뜻 대답하자 스튜디오에 한바탕 웃음이 일었다. 뚱뚱한 외모를 개그 소재로 삼고 있는 예능인이 "지금 우릴 무시하는 겁니까?"라고 트집을 잡자, "설마요"라고 답하며 웃는 모습에서도 여유가 넘쳤다.

쿨하고 스마트하고 퍼펙트한 남자. 얼핏 보면 분명 그런 이미지이다.

그저 잘생기고 멋있어서 좋다는 사람도 있다. 반면 웃는 얼굴이 가식적이다, 차가울 것 같다, 분명히 성격이 나쁠 것이다 하는 식으로 말하는 사람도 있다. 그리고 오히려 그런 면이 좋다는 사람도 있다. 그것이 텔레비전 속 그의 캐릭터일 것이다. 방송국도 그런 세간의 이미지를 의식해 그를 섭외하고 있는 것 같다.

호텔 로비에서 만난 그는 화면 그대로 미남형이었지만 웃는 얼굴은 거의 볼 수 없었다. 그의 미소는 분명 영업용일 것이다. 성격이 나쁠 것 같다는 평가에 대해서는 잘 모르겠지만 확실히 행동거지에서 약간 오만하다는 느낌을 받았다.

젊은 나이에 성공한 데다 잘생긴 외모까지 타고났으니

그것만으로도 시샘을 받을 텐데 거기다 저런 태도라면 주위의 반감을 사는 일도 많을 것이다. 뭔가 약점을 잡히기라도 한 걸까. 그래서 기억술사를 찾고 있는 걸까.

(정치가도 아니고 요리사니까 사소한 스캔들 정도라면 일에 큰 타격도 없을 것 같은데……. 쿨하고 퍼펙트한 캐릭터로 팔리고 있으니까 그 이미지를 지키기 위해서일까.)

남들이 봤을 때는 하찮은 고민이라도 본인에게는 심각할 수 있다고 이노세에게 말한 것은 나쓰키였다. 하지만 누가 봐도 성공한 스타 셰프인 마리야가 기억술사에게 의뢰할 만큼 지우고 싶은 기억이, 지우고 싶은 과거가 있다는 것은 상상할 수 없었다.

물론 누가 봐도 성공한 사람이기 때문에 마음대로 안 되는 일이 있을지도 모른다.

(저런 사람은 기억술사에게 뭘 부탁할까. 그냥 좀 궁금하네.)

본인의 기억이라면 모를까 다른 사람들의 기억을 지우고 다니는 이상 자신에 대해 조사하는 사람이 있다는 것쯤은 기억술사도 눈치채고 있을 것이다. 경계하며 활동을 삼가고 있을 가능성도 있다.

이노세는 마리야를 주시하고 있는 것 같지만 왠지 그의 앞에 기억술사가 나타나는 일은 없을 거라는 생각이 들었다.

하지만 예상은 빗나갔다.

겨울방학이 시작되고 며칠 후, 마리야 슈의 기억이 사라진 것 같다고 이노세에게 문자가 왔다. 나쓰키가 갑자기 찾아오지 말라고 했기 때문에 미리 연락을 준 것이다. 하지만 문자 끝에 '이야기를 하고 싶으니까 오늘 갈게'라고 이미 결정된 듯 방문을 통보했다. 여전히 나쓰키의 사정은 고려해주지 않는 것이다.

일방적이기는 하지만 겨울방학이라 시간은 있었다. 나쓰키도 마리야의 일은 궁금했기 때문에 일전에 팬케이크를 먹었던 가게 앞에서 만나기로 했다.

나쓰키가 코트와 머플러로 중무장하고 도착했을 때 이노세는 이미 가게 앞에서 기다리고 있었다.

"정말이에요? 마리야 씨가 기억을 잃었다는 게……?"

"그런 것 같아."

이노세는 들고 있던 여성 주간지를 나쓰키에게 건네며 벌레 씹은 얼굴로 말했다.

"벌써 이 주나 지난 일이야. 우리랑 만나고 고작 며칠 뒤에. 과로로 쓰러져서 병원에 갔다는 것까지는 파악하고 있었는데."

표시된 부분을 펼치자 '키친의 귀공자 기억상실! 심리적 원인인가?'라는 제목이 페이지를 사선으로 가르며 적혀 있었다.

나쓰키는 기사를 대충 훑어봤다. 기사에 따르면 이 주 전쯤 마리야가 자택에서 쓰러져 있는 것을 매니저가 발견했다고 한다. 의식은 금방 돌아왔지만 매니저와 이야기를 하던 중 그의 기억 일부가 사라졌다는 것을 알게 되었다. 오래된 기억에서 최근의 일까지 군데군데 기억이 감쪽같이 사라졌다.

쓰러졌을 때 머리를 부딪친 것은 아닌지 검사를 받았지만 별다른 이상은 발견되지 않아 스트레스에 의한 심인성 기억상실일 가능성이 높다고 판단되었다.

다행히 일상생활이나 일에는 지장이 없어서 마리야가 활동을 중단할 예정은 아니지만 사라진 기억은 지금도 돌아오지 않고 있다고 기사에 적혀 있었다.

"이거…… 기억술사의 소행이겠죠?"

마리야는 나쓰키 일행 앞에서 기억술사 같은 걸 진심으로 믿는 건 아니라고 말하고 불과 며칠 만에 게시판에 기억술사를 찾는 글을 올렸다. 이노세가 말하기를, 마리야는 그 전에도 몇 번이나 게시판에 글을 올렸는데 최초의 글은 한참 전, 그러니까 리나가 기억을 잃고 얼마 지나지 않아서였다고 한다.

몇 개월 동안 포기하지 않고 계속 기억술사와 접촉하려 시도한 걸 보면 마리야가 진심으로 기억술사를 찾고 있었던 것은 분명하다. 직접 만났을 때는 부정했지만 나쓰키가 기억술사에 의해 기억이 지워졌다는 말을 듣고 기억술사가 실존한다는 사실을 더욱 강하게 믿게 된 것일지도 모른다.

그 후 이노세가 문자를 보냈지만 답은 오지 않았다고 한다. 하지만 마리야는 기억술사와의 접촉을 포기하지 않았던 것이다.

"몇 개월이나 반응이 없길래 기억술사는 그의 기억을 지울 생각이 없는 거라고 방심했어. 누군가와 만날 약속을 하는 것 같은 기미는 없었는데. 내가 눈치채지 못한 사이에…… 경솔했어."

그날 이후 이노세는 주의를 기울여 마리야의 동향을 체크해왔다. 미행하고 있었다고 해도 좋을 것이다. 누군가를 만나러 나가는 것 같다는 정보가 들어오면 그 상대를 확인할 때까지 따라붙은 적도 있었다. 나쓰키도 이노세에게 보고를 받고 있기 때문에 잘 알고 있었다. 하지만 마리야는 이노세에게 들키지 않고 어느 틈엔가 기억술사와 접촉했던 모양이다.

"근데 마리야 씨의 의뢰는 자신이 아니라 다른 누군가의 기억을 지워달라는 것이지 않았어요?"

"나도 그렇게 생각했어. 그런데 아무래도 지워진 건 그의 기억인 것 같아. 지워진 게 그의 기억뿐인지 어쩐지는 아직 알 수 없지만."

이노세의 말대로 마리야의 기억이 지워졌다는 사실은 두 가지 의미로 해석할 수 있다.

마리야가 기억술사에게 의뢰한 것이 누군가의 기억과 자신의 기억을 모두 지워달라는 내용인 경우, 그리고 그 누군가의 기억만 지워달라는 내용인 경우.

전자라면 사 년 전 사건 때와 같다. 그 당시 의뢰인은 아마도 사에였을 테지만, 그녀는 "빵집 점원과 내 기억을 모두 지워줘, 관련된 사람들의 기억까지 모두 다 지워줘"라고 의뢰했을 것이다.

사실을 없던 일로 만들기 위해 그 사실을 아는 모든 사람의 기억에서 그 일만 지워 없애길 바랐다. 마리야의 의뢰도 그와 같은 것이었다고 하면 그의 기억이 지워졌다는 것은 바람이 이루어졌다는 말이 된다.

하지만 마리야의 의뢰 내용이 자신이 아닌 다른 누군가

의 기억만 지워달라는 것이었다고 하면 그 바람이 이루어
졌는지 아닌지는 아직 알 수 없다. 기억술사는 마리야의
의뢰에 따라 '누군가'의 기억을 지운 다음 마리야의 머릿
속에서 기억술사와 연관된 기억을 지워버린 걸지도 모른
다. 그러나 기억술사와 만난 것까지는 좋았지만 의뢰는 들
어주지 않고 기억술사에 관한 기억만 삭제당하고 끝났을
가능성도 있다.

"마리야 슈의 의뢰를 거절하고 그의 기억만 지운 건지,
아니면 의뢰에 따라 다른 누군가와 그의 기억을 모두 지운
건지, 어느 쪽이든 지워진 기억이 어떤 것이었는지 알아둘
필요가 있어."

이노세는 나쓰키에게 주간지를 건네받아 숄더백에 넣고
가방끈을 고쳐 매더니 당연하다는 듯이 "가자" 하고 말했다.

"만약 기억술사가 '증거 인멸'을 위해 그의 기억을 지운
것이라면 사라진 기억 속에 기억술사와 연결되는 힌트가
있다는 말이 돼."

*

방송국 일 층 로비의 엘리베이터가 보이는 곳에서 녹화

를 마친 마리야가 나오기를 기다렸다. 미행하면서 조사한 건지 이노세는 마리야의 주간 스케줄을 완벽하게 꿰뚫고 있었다. 오늘은 무슨 요일이니까 어디 스튜디오에서 어떤 방송의 녹화가 있다는 것까지 알고 있는 듯했다.

타이밍도 절묘해서 나쓰키 일행이 방송국에 도착한 지 오 분도 채 되지 않아 마리야가 엘리베이터에서 내렸다. 눈에 띄는 외모라 금방 알아보았다.

이노세가 다가가 마리야 씨, 하고 말을 걸자 그는 의아하다는 표정으로 이노세와 그 옆에 서 있는 나쓰키를 보았다.

"……네?"

가슴이 철렁했다. 고작 한 번 만났을 뿐인 상대의 얼굴 같은 건 기억하지 못해도 전혀 이상하지 않다. 하지만 이건 다르다는 것을 직감적으로 알 수 있었다.

그렇다. 그는 기억술사를 만난 것이다.

기억술사를 만난 사람은 의뢰가 받아들여지든 받아들여지지 않든 기억술사에 관한 기억이 삭제된다. 기억술사를 찾았던 것도 그 과정에서 일어난 일도 모두 지워진다는 것이 중론이다. 도시전설 사이트나 게시판에도 그렇게 적혀 있었고, 사에와 리나도 그랬다. 리나의 경우는 두 번째 만

남에 대한 기억이 일부 남아 있었지만.

(기억하지 못하는구나. 나에 관한 것도.)

누군가에게 잊히는 것은 이것이 처음이다. 마리야와는 딱 한 번, 아주 잠깐 이야기한 것이 전부지만 그래도 심장 박동이 빨라졌다.

만약 이것이 친한 친구나 가족이었다면. 그렇게 생각하자 공포로 가슴이 꽉 죄어왔다. 이노세는 그것을 경험한 것이다.

"이달 초쯤에 한 번 뵀는데 기억 안 나십니까? K 신문의 이노세입니다."

"……죄송합니다. 아실지도 모르겠습니다만, 제가 지금 기억이 좀 애매합니다."

호텔에서 만났을 때보다 이노세를 대하는 말투나 태도가 정중했다. 업무상 만난 사람일지도 몰라서 신경 쓰고 있는 것이리라.

(역시 기억하지 못하는군…….)

이상한 감각이었다. 이노세는 동요하는 기색도 없이, 적어도 겉으로는 드러내는 일 없이 마리야에게 두 번째로 명함을 건넸다.

"네에, 알고 있습니다. 원인 불명이라고…… 일부 사건에 관한 기억만 사라졌다고 잡지 기사에서 읽었습니다."

"네, 뭐…… 아무래도 그런 것 같습니다. 그렇지만 저는 기억하지 못하기 때문에 뭐라 드릴 말씀이."

"그래도 잠깐만 이야기를 들려주시지 않겠습니까?"

마리야는 명함을 받고 망설이는 듯한 표정을 지었다.

"기사를 읽었다면 아시겠지만, 주간지에 적힌 것 이상은 없습니다."

자신의 기억상실에 관해 신문기자가 물어올 것이라고는 생각지도 않았을 테니 무리도 아니다. 하지만 이노세는 물러나지 않았다.

"알고 있는 것만이라도 괜찮습니다. 8일 아침에 쓰러져 있는 것을 매니저가 발견했다고 들었습니다. 7일 밤 일은 기억나십니까? 기억을 잃을 만한 계기 같은 게 있었는지 여쭙는 겁니다."

"딱히 어디에 머리를 부딪쳤다거나 폭음을 한 건 아닙니다. 술을 조금 마시기는 했지만…… 쓰러진 기억도 없습니다. 피곤해서 소파에 누웠는데 그대로 의식을 잃었고 눈을 떠보니 매니저가 있었습니다. 그런데 매니저와 이야기를 하다 보니 뭔가 이상해서……. 기억이 일부 사라진 것 같다고 하더군요."

"일부 기억이라면 구체적으로는 어떤?"

"모르겠습니다. 기억하지 못하니까. 무슨 요리 콘테스트랑 파티에 관한 기억이 사라진 것 같다고 하는데……."

말하는 사이 마리야의 목소리와 표정에서 초조함이 묻어났다. 기억이 조금 사라졌다고 해서 성격까지 변하는 것은 아니다. 말투는 정중했지만 더 이상 말하고 싶지 않은 기색이 역력히 전해졌다.

"원인 불명이라 치료 방법도 없고, 더 이상 생각해봤자 소용없을 것 같습니다. 다행히 일에는 지장이 없으니까 깊이 생각하지 않으려고 합니다. 이런 이야기를 하는 것도 이제 지쳤습니다. 그러니 이 건에 대한 취재는 양해 바랍니다. 뭔가 물어보셔도 저로선 기억나지 않는다는 말밖에 드릴 말씀이 없습니다. 매니저나 주변 사람들에게 들은 이야기 말고는 저도 모릅니다."

엘리베이터 문이 열리고 목에 출입증 같은 것을 매단 젊은 남자가 내렸다. 마리야는 마침 잘됐다는 듯이 그를 향해 손을 들어 이쪽으로 불렀다.

"수고하셨습니다"라며 달려온 그에게 "이 사람이 이야기를 듣고 싶대"라고 더할 나위 없이 투박하게 이노세를 소개했다.

"아사이 씨라고 제 매니저입니다. 궁금한 것이 있으면 이쪽에 물어보세요."

직접 말하는 것은 귀찮아하지만 취재를 거절하는 것은 아닌 것 같았다. 쫓겨나지 않은 것만으로 다행인 건가. 매니저에게 이노세를 떠맡기고 재빨리 자리를 뜨려고 하는 마리야를 이노세가 불러 세웠다.

"잠깐만요. 한 가지만 더 괜찮을까요?"

귀찮은 기색을 감추려 하지도 않고 돌아본 마리야에게 이노세는 물었다.

"혹시 기억술사라고 아십니까?"

마리야는 가지런한 눈썹을 찡그렸다.

"……뭡니까, 그건."

"모르시면 됐습니다. 감사합니다."

예상한 반응이었기 때문에 충격은 별로 없었다. 마리야는 의아한 표정을 짓고는 그대로 걸어가버렸다. 원래대로라면 문전박대를 당해도 이상하지 않았겠지만 일단은 마리야가 취재를 허락한 덕에 그의 매니저라는 아사이에게 이야기를 들을 수 있었다.

이노세가 명함을 건네고 마리야의 기억이 사라진 일에 대해 듣고 싶다고 말하자 아사이는 "신문기자님이요?"라며 이상하게 생각했다. 하지만 비슷한 증상을 가진 사람들에 대해서도 조사하고 있다고 설명하자 이해한 것 같기도 하고 아닌 것 같기도 한 태도로 수긍했다. 나이는 마리야보다 몇 살쯤 어리고 솔직해 보이는 사람이었다.

이노세는 나쓰키를 마리야와 마찬가지로 기억상실 증상으로 괴로워하는 환자라고 소개했다.

"그렇습니까……. 그런 거라면 당연히 말씀드려야죠. 알고 있는 거라면 이야기하겠습니다. 도움이 될지는 모르겠지만."

완전히 거짓말이라고 할 수는 없지만 상대가 온순한 얼굴로 수긍하자 약간의 죄책감이 들어 애매하게 웃으며 얼버무렸다. 이야기를 듣기 위해 로비에 있는 소파로 이동했다. 이노세가 자판기에서 캔 커피를 뽑아 와 아사이와 나쓰키에게 하나씩 건네주었다.

"마리야 씨의 기억이 사라진 것을 처음 알아챈 게 당신이죠?"

네, 하고 끄덕이고 그는 말을 시작했다.

이달 8일 아침, 아사이는 일 때문에 마리야의 맨션으로 그를 데리러 갔다. 초인종을 눌러도 답이 없길래 여벌 열쇠로 문을 열고 들어갔는데 거기서 쓰러져 있는 마리야를 발견했다고 한다. 신메뉴 구상 등으로 그가 철야를 하는 일이 잦았던 데다 최근에는 특히 더 바빴기 때문에 과로로 쓰러지는 게 아닌지 걱정하던 참이었다고 한다.

"그래 보여도 일에 관해서는 굉장히 진지하달까, 타협하지 않는 사람이에요."

그렇게 말하고 아사이는 캔 뚜껑을 땄다.

"저는 구급차를 부르려고 했는데 마리야 씨가 금방 깨어나서 조금만 더 자게 해달라고 했어요. 일을 하다 그대로 잠들어버렸다면서."

아사이는 잠이 든 게 아니라 너무 피곤한 나머지 졸도한 게 아닐까 걱정했지만 마리야는 몸에 아무 문제가 없다며 일하러 가겠다고 우겼다.

하지만 그 직후에 이상한 일이 있었다고 아사이는 말을 이었다.

"마리야 씨에게 우편함에서 가져온 우편물을 건넸는데 그 안에 파티 초대장이 있었어요. 그래서 제가 '이 파티 올해도 하네요, 작년에도 성황이었죠'라고 말하니까 '그랬어?'라며 이상하다는 듯한 표정을 짓는 겁니다. 아, 작년에도 같은 호텔에서 파티가 있었는데 마리야 씨도 참석했거든요."

아사이는 커피를 한 모금 마시고는 하아, 하고 숨을 내뱉고 또 한 모금 마셨다. 이야기하면서 그때 일이 떠올랐는지 그의 눈썹이 처지기 시작했다.

"잠이 덜 깼나 싶어서 작년에 T 호텔에서 열린 리셉션 파티라고 설명해줬습니다. '사진 정리가 늦어져 얼마 전에야 웹 앨범에 정리한 것을 마리야 씨한테도 확인받았잖아요'라고 했는데 마리야 씨가 멍한 얼굴로 파티 같은 게 있었느냐고 하더군요."

파티 당일 사진을 보여줬지만 마리야는 고작 일 년 전의 일도 떠올리지 못했다. 파티 장소도, 만난 사람도, 누구에게 초대받은 파티였는지도. 자신이 참석했다는 증거 사진이 명백하게 있는데도 참석했던 기억이 통째로 사라졌다. '역시 이건 이상하다, 건망증 수준을 넘어섰다'고 아사이도 마리야 본인도 위기감을 느꼈다고 한다. 당연한 일이다.

"분명히 알고 있는 사람의 사진을 가리키며 이 사람 누구지? 이런다니까요."

아사이는 한심한 목소리로 커피를 홀짝거리며 말했다.

"그날 일이 끝나고 곧장 병원에 가서 검사를 받았는데……. MRI나 영상에서는 아무 이상도 발견되지 않았습니다. 이런저런 대화를 나누며 어떤 기억이 사라졌는지 확인도 해봤는데, 사라진 것은 정말로 한정된 일부의 기억뿐이라서. 일상생활에 지장을 줄 만한 것이 전혀 없었기 때문에 마리야 씨가 이제 됐다고…… 이러다 어느 순간 갑자기 떠오를지도 모른다고 하면서, 다만 기억이 일부 사라져 실례를 범하게 될지도 모르니 일 관계자들에게는 미리 알려두자고 이야기가 돼서. 그때부터 계속 평소처럼 일하고 있습니다.”

“잊어버린 것은 그 파티에 관한 기억뿐입니까?”

“옛날에 마리야 씨가 이 업계에 들어오는 계기가 된 콘테스트가 있는데 그것도 완전히 잊어버린 것 같았습니다. 그게 몇 년도 더 된…… 아마 초등학생인가 중학생 때의 일이라 기억하지 못하는 게 당연하지만, 아무리 그래도 출전한 것 자체를 잊어버렸다는 건 좀……. 거기에서 입상한 것을 계기로 텔레비전에 처음 출연했으니 분명 기억에 남아 있을 텐데 말이죠.”

아사이는 고개를 숙이며 물었다.

“역시 업무 스트레스일까요?”

그렇지 않다는 것은 나쓰키도 이노세도 잘 알고 있다. 설령 그렇다고 해도 그의 책임이 아닐 텐데, 아사이는 풀 죽은 모습으로 어깨를 축 늘어뜨리고는 캔 커피를 양손으로 문지르며 입에 갖다 댔다.

"상이라면 학생 때도 받았고 어른이 되고 나서도 몇 번이나 받았습니다. 요리사로서 성공하고 주목받기 시작한 것은 몇 년 전부터지만요. 그래도 첫 텔레비전 출연의 계기가 된 콘테스트라는 의미에서 특별히 기억에 남았을지도 모릅니다. 어쩌면…… 업무 스트레스의 발생원이랄까, 시작점 같은 사건으로 마리야 씨 안에 남아 있었을지도 모르죠."

몇 년도 더 된 콘테스트를 잊어버렸다는 것은 마리야의 의뢰에 의한 것일 가능성이 높다. 그렇게 옛날 일이라면 기억술사가 자신의 흔적을 지우기 위해 기억을 지운 케이스에는 해당되지 않는다.

의뢰는 그 콘테스트와 작년 겨울 파티에 관한 기억을 지워달라는 것이었을까? 그 밖에도 사라진 기억이 있을지도 모르지만 어쨌든 이번에 마리야의 기억이 사라진 것은 기억술사에 의한 증거 인멸이 아닌 의뢰의 결과임이 틀림없다.

(즉, 기억술사는 마리야의 의뢰를 받아들였다는 말이다.)

그렇다면 마리야 외에 또 한 명, 혹은 그 이상으로 기억을 잃은 사람이 있을 가능성이 있다. 만약 이노세의 생각이 맞는다면 마리야의 의뢰는 자신 이외의 누군가를 끌어들이는 내용이었을 것이다. 이노세도 그 가능성에 생각이 미친 것인지 표정이 굳어졌다.

"그 파티에서 무슨 일이 있었습니까? 심인성 기억상실이라면 스트레스의 요인이 될 만한 뭔가가 있었을 것 같은데……."

"딱히 아무 일도 없었습니다. 그때는 마리야 씨도 요리 담당이 아닌 손님으로 초대받았을 뿐이고……. 아, 사소한 실랑이 같은 게 있긴 했는데, 손이 미끄러져서 다른 손님에게 화이트와인을 쏟은 일이 있었죠. 하지만 별일 아니었어요. 싸움이 일어난 것도 아니고……. 그렇게 기억이 사라질 정도로 스트레스를 받은 일은 없었습니다."

"아, 잠깐만요."라고 말하고 아사이는 커피를 소파 옆 작은 테이블에 올려놓은 다음 스마트폰을 꺼냈다. 익숙한 손놀림으로 조작해 화면에 몇 줄이나 되는 사진을 띄웠다. 사진을 인터넷상에 데이터로 보존하고 있는 것 같았다. 여러 장의 사진을 넘기더니 "아, 이거다"라며 손가락을 멈췄다.

"이 사람입니다. 마리야 씨가 와인을 쏟은 사람이. 도가미 세이이치 씨라고 이 사람도 요리사예요. 텔레비전 같은 데는 나오지 않지만 실력이 좋다고 평판이 자자합니다. 지금은 K 거리 쪽에서 '이치리'라는 이름의 작은 가게를 하고 있어요."

그러고는 사진 한 장을 확대해 보여줬다. 예리하고 날카로워 보이는 젊은 남성이 찍혀 있었다.

"마리야 씨는 와인을 쏟은 일뿐만 아니라 이 사람에 대한 것 자체를 전혀 기억하지 못하더군요. 분명 알고 있을 텐데 말이죠. 나이도 비슷하고 둘 다 자신의 가게를 갖고 있는 미남 요리사라서 비교된 적이 있는데 마리야 씨가 불쾌해했거든요."

무표정한 얼굴의 도가미 세이이치는 파티를 즐기고 있는 것처럼 보이지 않았다. 우연히 그 순간 찍힌 것뿐일지도 모르지만 적어도 사진만 봤을 때는 말을 걸기 쉬운 분위기는 아니었다. 이런 남자에게 와인을 쏟아버린다면…… 파티를 전혀 즐길 수 없을 것 같다.

(물론 그 정도로 기억을 지우고 싶다고 생각하진 않겠지만.)

하지만 그날 사건뿐만 아니라 도가미라는 남자의 존재 자체를 잊었다는 것은 유력한 정보였다. 와인을 쏟은 게 사고였는지 고의였는지는 알 수 없다. 하지만 그 전후에 그와 모종의 대화가 오갔으며 그것이 마리야의 지우고 싶은 기억과 관련되어 있을 가능성이 크다.

"사이가 좋았던 것도 아니니까 얼굴을 잊어버렸다거나 이름을 잊어버렸다면 뭐 그러려니 하겠지만, 존재 자체를 잊어버렸다니…… 역시 이상합니다. 다행히 일 관계로 얽

히거나 한 건 없어서 잊어버렸다고 해도 지장이 있는 건 아니지만…….”

아사이는 불안한 듯 눈썹을 늘어뜨렸다.

“앞으로도 계속 기억이 사라져버리면 어떻게 해야 하나 싶어서…….”

실제로 만나본 마리야는 키친의 귀공자라고 불리는 것치고는 변덕스럽고 겉과 속이 다른 사람이라는 느낌이었다. 하지만 매니저에게는 나름대로 애정을 받고 있는 것 같다.

심각한 병이 아닌지 진심으로 걱정하는 모습에 마음이 움직인 건지 이노세가 “분명 괜찮을 겁니다”라고 말했다.

“다른 사례들을 보면 그런 일은 없을 것 같습니다. 다만 한번 사라진 기억은 돌아오지 않는 것 같지만요.”

“그렇습니까……. 그래도 더 이상 진행되지 않는다면 그나마 다행입니다…….”

사진을 보여주던 아사이의 스마트폰에 진동음이 울리기 시작했다. “앗, 죄송합니다”라고 초조하게 말하는 아사이에게 이노세는 “괜찮습니다, 받으세요”라고 말하며 일어섰다.

“시간 내주셔서 감사합니다. 마리야 씨의 증상에 대해 뭔가 알게 되면 연락주세요.”

아사이는 머리를 숙이는 이노세와 스마트폰을 번갈아 보고 허둥대며 가볍게 고개 숙여 인사한 뒤 스마트폰을 귀에 갖다 댔다.

이노세가 걷기 시작하자 나쓰키도 따라 걸었다. 뒤에서 "네, 아사이입니다"라고 전화를 받는 소리가 들렸다. 돌아보니 그는 나쓰키 일행에게서 반쯤 등을 돌린 자세로 누군가와 통화하고 있었다. 의식은 이미 그쪽을 향해 있는 것 같았다.

그래도 충분한 거리를 두고 아사이에게 목소리가 들리지 않는 것을 확인하고 나서야 나쓰키는 이노세를 올려다보며 작은 소리로 물었다.

"사라진 기억이 마리야 씨가 지우고 싶었던 기억이라는 거겠죠……? 몇 년도 더 된 요리 콘테스트와 일 년 전의 파티."

"그래. 그뿐만이 아닐지도 모르지만, 아무리 기억술사라도 관계없는 기억을 지우거나 하지는 않을 테니까."

초등학생, 중학생 무렵의 콘테스트와 일 년 전 파티와의 간격이 너무 긴 것이 신경 쓰였다. 나쓰키는 방송국을 나와 나란히 걸으며 소리 내어 생각을 정리했다.

"아저씨, 분명 마리야 씨가 몇 개월 전부터 기억술사를 찾아다녔다고 했죠?"

시간적으로 파티에서 일어난 뭔가를 잊기 위해 기억술
사를 찾기 시작했다고 생각하는 것이 자연스럽다. 이노세
는 고개를 끄덕이며 도시전설 게시판에 마리야가 처음 글
을 올린 것이 파티 이삼 개월 뒤였다고 알려주었다.

"그런데 콘테스트 기억까지 사라졌다는 것은 무슨 의미
일까요? 아무리 그래도 너무 옛날이잖아요."

초등학생, 중학생 무렵의 기억 같은 걸 왜 이제 와서 지
우고 싶어진 걸까. 일 년 전의 기억을 지우기 위해 기억술
사를 찾은 김에 어린 시절의 나쁜 추억까지 지워달라고 한
걸까. 잘 이해되지 않았다.

"맞아. 어쩌면 처음부터 잊고 싶었던 것은 콘테스트 때
의 기억일지도 몰라. 시간이 지나서 잊었거나 흐릿해지고
있었는데 작년 파티에서 갑자기 생각났다거나."

이노세는 주먹으로 턱을 괴고 시선을 비스듬히 아래로
향했다.

"아니면 지우고 싶은 기억이 콘테스트 때부터 파티 때까
지 계속되고 있었다거나……."

"네? 그게 무슨 말이에요?"

"아직은 잘 모르겠어……."

말끝을 흐렸지만 이노세의 머릿속에는 뭔가 가설이 있는 것 같았다. 하지만 그것에 대해서 자세히 말해주지 않고 먼저 도가미의 가게에 가보자고 했다.

"작년 파티에 대해 들어봐야겠어. 마리야 슈의 사라진 기억이 도가미와의 문제인지는 모르겠지만, 그렇지 않더라도 뭔가 힌트 정도는 얻을 수 있을 거야. 마리야 슈의 의뢰 내용에 대해서는 기억술사의 허용 범위나…… 기준을 알기 위해서라도 확인해두고 싶어."

스마트폰을 꺼내며 이노세가 말했다.

"연말이라 예약을 잡을 수 있을지 모르겠지만 일단 전화해볼게. 너도 같이 갈 수 있어?"

"친구랑 밥 먹고 들어간다고 하면 괜찮아요."

"알았어. 잠깐만 기다려."

그러더니 여고생 뺨치는 속도로 스마트폰을 누르기 시작했다. 가게 이름으로 검색해 전화번호를 찾으려는 것 같았다. "홈페이지는 없는 것 같아"라고 중얼거리며 이노세는 검색 결과를 엄지로 스크롤했다. 나쓰키도 스마트폰을 막 꺼내려다가 중요한 사실을 생각해냈다.

"아, 근데 이걸로 나랑 메이코는 용의자에서 벗어난 거죠? 마리야 씨의 기억이 사라진 건 7일 밤에서 8일 아침

사이잖아요. 이달 8일은 한창 기말고사 중이었는걸요. 7일 밤엔 같이 공부했으니까 알리바이도 있어요."

이건 꼭 말해둬야겠다고 생각한 것이다. 한창 기말고사 중이었다는 것은 K 여대 부속고등학교 학생 전원에게 해당된다.

아무리 기억술사라고 하더라도 시험 전날 밤에 다른 사람의 기억을 지우러 갈까? 그렇게 생각하니 대부분의 용의자에게 알리바이가 있는 것처럼 느껴졌다. 하지만 기억술사에게 기억을 지우는 일쯤 식은 죽 먹기일지도 모른다. 시험공부 중간에 휴식시간에 잠깐 빠져나와서 할 수 있을 만큼 쉬운 일일지도 모르기 때문에 절대 아니라고 단정할 수는 없다.

하지만 나쓰키와 시험공부를 하고 있었던 메이코가 마리야의 맨션에 가는 것은 물리적으로 불가능하다.

"그래. 확실히 기억술사에게 순간이동을 할 능력은 없는 것 같으니까. 하지만 너는 메이코의 친구니까, 그 증거만으로 알리바이가 성립할 수 있을지는 조금 생각해봐야겠구나."

"아, 진짜!"

농담이라며 이노세가 웃었다. 나쓰키가 노려봐도 계속

웃는 얼굴이다. 그는 무슨 일이 있을 때마다 메이코를 용의자라고 하는데 솔직히 진담인지 농담인지 모르겠다.

"아저씨는 왠지 전부터 메이코를 의심하고 있는 것 같아요. 근데 메이코는 절대 아니에요. 메이코는 옛날부터 뭐랄까, 생각이 깊달까, 머리도 좋고 야무지고 정의감도 강하고."

"정의의 개념은 사람마다 달라. 정의감이 강하기 때문에 곤경에 처한 사람을 내버려두지 못하고 활동하고 있는 건지도 모르지."

정면에서 그렇게 받아치니 나쓰키도 할 말이 없었다.

"걱정하지 않아도 돼. 너 모르게 그 애를 추궁하거나 하는 일은 없을 거야. 게다가 마리야 슈 건에 관해서는 확실히 알리바이가 있는 것 같고."

이노세는 스마트폰에서 눈을 떼고 나쓰키를 보았다.

"넌 그 애를 좋아하는 거지? 내 조사에 협조하는 것도 그 애를 위해서고."

"딱히 위한다기보다⋯⋯."

새삼 들으니 조금은 부끄러워져서 나쓰키는 눈을 피했다.

"지켜줘야 한다는 의식이 커요. 같은 여자지만 공주님을 지키는 왕자님 같은 느낌? 어렸을 때는 그랬어요. 메이코를 괴롭히는 녀석은 내가 무찔러줬어요."

"어째서? 같은 나이잖아."

"그야 메이코가 귀엽고 예뻤으니까. 마음에 들었거든요. 어렸을 때 좋아했던 메코를 닮기도 했고."

"메코?"

"양 인형 말이에요."

어린 시절 메이코는 지금보다 곱슬머리가 더 심해서 꼬불꼬불 말린 머리가 마치 양 인형 같았다. 상냥해 보이는 처진 눈도 인형을 닮았다. 게다가 소중히 여겼던 양 인형과 이름도 비슷하다는 것을 알고 나자 나쓰키는 어린 마음에 운명을 느꼈던 것이다. 친해지고 싶어서 나쓰키가 먼저 다가갔다.

"소꿉친구야?"

"네. 집도 가까워서, 유치원 때부터 친구예요."

메이코는 옛날부터 귀여웠다. 귀엽게 생겨서 친구가 됐다고 하면 좋게 보지 않는 사람도 있겠지만, 누구나 예쁘고 귀여운 것을 좋아한다. 가까이에서 보고 싶고 소중히 여기고 싶다고 생각하는 것도 당연하다.

상대방의 성격 같은 것은 몰라도 달리기가 빠르다거나, 축구를 잘한다거나 하는 한 가지 장점만 보고 친구가 되고 싫어 하는 경우도 드물지 않다. 관심을 갖게 되는 계기란 대개 그런 것이다. 나쓰키의 경우는 그 계기가 양 인형을 닮은 메이코의 동글동글하고 귀여운 외모였을 뿐이다.

"귀엽게 생겼을 뿐만 아니라 굉장히 착해요. 다른 사람의 험담 같은 것도 절대 하지 않고요. 겉모습은 동글동글하지만 사실은 꽤 야무진 구석도 있어요."

메이코는 옛날부터 귀여웠기 때문에 치근덕거리는 남자애나 시기하는 여자애들이 많았다. 하지만 메이코는 절대 울지 않았다. 머리카락을 잡아당기거나 착한 척한다고 괴롭히면 슬픈 표정을 지었다. 하지만 그 때문에 자신을 굽히거나 괴롭힘을 당하지 않으려고 태도나 행동을 바꾸는 일은 없었다.

예를 들면 초등학교 저학년 때, 메이코는 새로 산 벚꽃색 원피스를 입고 등교한 적이 있다. 원피스는 메이코에게 무척 잘 어울렸는데 같은 반 여자애가 그것을 보고 예쁜 척한다며 비꼬았다. 그때도 메이코는 슬픈 표정을 지었다. 하지만 그 원피스를 입는 것은 그만두지 않았다.

메이코는 아마도 그 원피스를 좋아했을 것이다. 그리고 실제로 잘 어울렸다. 엄마가 사준 거라고 기뻐했는데, 괴롭힘을 당한다는 이유로 그 옷을 입지 않게 되면 엄마가 슬퍼할 거라는 생각도 했을 것이다.

자신은 아무 잘못도 하지 않았고 괴롭힘을 당하는 것은 원피스 탓이 아니라는 것도 잘 알고 있었다. 메이코는 예쁜 옷을 입고, 예의 바른 말투로 말하고, 남의 험담에 끼지 않고, 성실하게 공부하고, 선생님에게 반항하지 않고, 누구에게나 친절하게 대하는 것을 그만두지 않았다. 괴롭힘에 지지 않았다.

유치원 때도 그랬다. 사실 나쓰키가 도와주지 않았어도 메이코는 분명 혼자서 지지 않았을 것이다. 심지가 곧은 것이다. 나쓰키는 메이코의 그런 점을 굉장히 좋아하고 멋있다고 생각한다.

"메이코는 곤경에 빠진 사람을 돕는 것을 당연하게 생각해요. 그리고 그것을 말하고 행동할 수 있는 아이예요. 주변에서 '쟤 뭐야?'라고 떠들어도 신경 쓰지 않고 소신껏 행동해요. 정말 대단하지 않아요? 괴롭힘을 당해도 결코 지는 법이 없었죠. 나처럼 정면으로 맞서거나 반박하는 것은 아니지만…… 도망치지 않는달까, 꺾이지 않는달까."

"괴롭힘을 당했어?"

"옛날에 잠깐. 메이코에 대해 잘 모르는 아이들이 착한 척한다면서 심술부린 것뿐이에요. 하지만 무슨 말을 들어도 메이코는 변하지 않았고 지지 않았으니까. 그랬더니 저절로 사라졌어요. 지금은 전혀 없어요. 메이코가 좋은 아이란 것을 모두 알고 있으니까요."

메이코를 괴롭혔던 아이들도 그녀가 착한 척하는 것도, 알랑거리는 것도 아니고 원래 그런 사람이라는 것을 깨닫게 된 것이다. 잘못이 없다는 것을 깨닫게 되면 자신들의 행동 원리가 단순히 시기와 질투라는 것을 알게 된다. 그것을 창피하다고 여길 수 있을 만큼 어른이 되자 괴롭힘은 저절로 사라졌다. 지금보다 훨씬 미숙했던 어린 시절의 이야기다.

"그 애가 소중한 거구나."

눈을 가늘게 뜨고 웬일로 다정한 표정으로 이노세가 말했다.

나쓰키는 너무 떠들었다는 것을 깨닫고 얼굴이 뜨거워졌다.

"……그런 말 하는 거 창피하지 않아요?"

나쓰키가 입을 삐죽거리자, 이노세는 "창피한 게 좋아"라며 웃음을 띤 채 눈을 내리떴다.

"창피할 정도로 말로 하는 편이 좋아. 친구 사이란 어려워서 말이야. 어른이 되면 더욱 어려워지지. 일이나 인간관계 같은 다양한 굴레가 늘어나면 단지 좋아해서 같이 있을 수 있는 관계가 적어져. 그래서 솔직하게 친구라고 말하는 것 자체를 할 수 없게 돼."

이노세는 "소중히 여기는 게 좋아"라고 마치 딸이나 여동생에게 하듯이 다정한 눈으로 말한 다음 길가 쪽에 붙어 스마트폰을 귀에 댔다. 가게 홈페이지는 찾지 못했지만 음식 사이트에 주소와 예약용 전화번호가 실려 있는 듯했다.

그 옆모습을 보며 나쓰키는 어렴풋이 생각했다. 기억이 지워졌다는 이노세의 '지인'은 그의 친구였을까.

짧은 통화를 끝낸 이노세는 스마트폰을 넣고 나쓰키 쪽을 보며 "예약했어"라고 말했다.

*

도가미 세이이치가 하는 '이치리'는 카운터 좌석과 안쪽에 칸막이가 된 사 인용 테이블 하나가 전부인 작은 가게였다.

카운터 안에는 도가미와 수습생처럼 보이는 젊은 요리사 한 명이 있었다. 아직 저녁을 먹기에 조금 이른 시간이어서인지 손님은 나쓰키 일행뿐이었지만 테이블 좌석에는 '예약'이라는 팻말이 놓여 있었다. 달리 손님이 없어서 이야기를 듣기에는 안성맞춤이다.

카운터 좌석 한가운데 요리사와 가까운 곳에 앉아 몇 가지 메뉴를 주문하고 상황을 살폈다. 목적은 어디까지나 기억술사와 마리야에 대한 정보를 얻기 위한 것으로 식사는 이야기를 꺼낼 구실에 지나지 않았다.

"뭐야 이거, 엄청 맛있어요!"

나쓰키는 적당히 주문한 메뉴 중 하나인 쑥갓 샐러드를 접시에 덜어 한 입 먹고는 저도 모르게 큰 소리를 냈다. 별다른 장식 없이 다갈색 그릇에 담긴 심플한 요리인데 맛은 상상 이상이었다. 채소는 쑥갓 한 종류뿐으로 잘게 찢은 닭고기와 버무렸다. 간장을 베이스로 한 드레싱과 깨가 먹기 좋은 크기로 잘린 쑥갓에 골고루 묻어 있었다.

"생쑥갓이 이렇게 맛있다니……. 나는 탕으로밖에 먹어본 적 없는데."

도가미의 표정이 아주 살짝 누그러진 것처럼 보였다. 그 타이밍을 놓치지 않고 이노세가 "좋은 가게네요"라고 말을 걸었다.

"아사이 씨라는 사람에게 소개받고 왔습니다. 마리야 슈 씨의 매니저를 하고 있는 사람입니다."

그렇습니까, 하고 조용한 목소리로 답하며 도가미는 고

개를 끄덕였다.

"마리야 슈 씨와 아는 사이입니까?"

"개인적으로 친분이 있는 건 아닙니다."

손을 움직이며 답하는 표정에서 어떤 감정도 읽어낼 수 없었다. 딱히 친분이 있는 것은 아니라고 아사이도 말했다. 파티에서 얼굴을 마주친 적이 있는 정도의 관계일 것이다.

"실은 조금 전에 마리야 씨를 만났는데, 듣자하니 기억상실에 걸렸다네요……."

"그런 것 같더군요."

"알고 계셨습니까?"

"소문을 들었을 뿐입니다."

빈 접시를 치우러 온 수습 요리사가 "잡지에 실렸죠"라며 끼어들었다.

"과로로 쓰러져 정신을 차려보니 이런저런 기억이 날아갔다고 하더군요. 텔레비전이나 잡지 같은 데 계속 출연했기 때문이에요. 분명 건강하지 않은 생활을 했을 거예요."

수습 요리사의 말투에서 그가 마리야에 대한 인상이 별로 좋지 않다는 것을 알 수 있었다. 도가미에게 소문을 전한 것도 분명 그일 것이다.

이노세는 그를 향해 고개를 끄덕인 후 다시 시선을 카운터 안으로 옮겼다.

"그러고 보니 도가미 씨도 작년 T 호텔에서 열린 파티에 참석하셨죠?"

"네. 잠깐 얼굴을 내민 것뿐입니다. 전에 신세를 졌던 분이 불러주셔서. 그럴 주제가 못 된다고 말씀드렸는데도요."

"마리야 씨도 참석했는데, 거기서 그가 다른 참석자에게 와인을 쏟았다고 하더군요."

"그거 세이이치 씨예요! 아, 저희 주방장님요."

"겐지" 하고 도가미가 나무랐다. 도가미는 원래 말수가 많은 편이 아닌 것 같지만, 겐지라는 사람은 왠지 이것저것 다 말해줄 것 같다. 이쪽이 이야기를 끌어내기 쉽겠다고 생각했는지 이노세는 수습 요리사를 향해 몸을 돌렸다.

"아, 그렇습니까?"

"네. 손이 미끄러졌는지 어쨌는지 모르겠지만 와인을 쏟다니. 그러면 보통은 사과부터 하잖아요. 그런데 미안한 표정조차 짓지 않았어요. 그러더니 1만 엔짜리를 획 내밀며 세탁비라더군요. 정말 기분 나빴어요."

겐지도 그 자리에 있었던 모양이다. 실제로 피해를 입은 도가미보다 그가 더 분개하는 모습이었다.

"겐지, 손님 앞이다."

"……죄송합니다."

재차 이름이 불리자 겐지는 흠칫 어깨를 움츠리며 머리를 숙였다. 무협 영화의 두목과 부하 같았다. 카운터 안에서 도가미가 이노세에게 머리를 숙였다.

"죄송합니다. 시답잖은 이야기를 들려드렸습니다."

"아니요. 이쪽에서 먼저 물어본걸요. 저야말로 죄송합니다. 마리야 씨가 워낙 유명인이라 흥미가 생겨서 그만."

시치미를 떼고 머리를 긁적이며 이노세는 우롱차에 손을 뻗었다.

"그런데 어떤 사람입니까, 마리야 씨는?"

"실제로 만나면 텔레비전에서 보는 것보다 붙임성은 없지만, 성격이 어쨌든 요리는 맛있습니다."

"네에? 하지만 자세에 문제가 있잖아요. 요리사인데도 양손에 반지나 끼고 있고."

방금 전에 주의를 받은 겐지가 질리지도 않는지 또 참견했다. 겐지는 도가미 이상으로 마리야에게 불만이 꽤 많은 것 같았다.

"요리할 때는 뺐잖아."

"그랬었나" 하고 말하면서도 겐지는 여전히 불만스러운 눈치였다.

"파티 때 마리야 씨에게 뭔가 이상한 점은 없었습니까? 그날의 기억이 사라졌다는 말을 들어서 혹시 무슨 일이 있었던 것은 아닐까 하고."

"글쎄요, 저는 거의 이야기를 하지 않아서."

겐지에 비해 도가미는 냉정했다. 정말로 신경 쓰지 않는 건지, 손님 앞이라 겉으로 드러내지 않을 뿐인지는 잘 모르겠다. 그런 태도도 겐지에게는 마리야에 대한 불만을 키우는 원인이 됐을 것이다.

"마리야 슈는 멋대로 세이이치 씨를 라이벌로 여기고 있잖아요. 만날 때마다 노려보고. 기분 나쁘게⋯⋯."

"눈매가 사나운 건 서로 마찬가지니까."

"파티 때도 그래요. 와인을 쏟은 것도 일부러 그런 걸지도 몰라요. 초등학생 때 콘테스트에서도 비슷한 일이 있었잖아요."

"콘테스트?"

이노세가 반응했다.

요리를 먹는 데 열중하고 있던 나쓰키도 아, 하고 깨닫고 얼굴을 들었다.

"혹시 요리 콘테스트 말입니까? 마리야 씨가 텔레비전에 나오는 계기가 됐다는."

"아, 네. 벌써 십오륙 년쯤…… 됐을까요. 꽤 오래전 이야기입니다, 초중학생 요리 콘테스트가 있었습니다."

아사이가 말해준 마리야가 처음으로 수상한 콘테스트다. 그가 잊고 싶어 했던 기억.

"세이이치 씨도 출전해서 이등을 했어요, 마리야 씨가 일등을 하고. 저도 응원을 갔는데…… 저는 예선 탈락이었지만요. 사실은 세이이치 씨가 일등을 해도 전혀 이상하지 않았는데, 심사위원들이 바보였어요."

"겐지, 말이 너무 많다."

"죄송합니다" 하고 머리를 숙이고 카운터 안으로 돌아가려는 겐지를 이노세가 "잠깐만요" 하고 불러 세웠다.

"그 콘테스트에서도 파티와 비슷한 일이 있었다는 건 무슨 말입니까? 그것만 말해주세요."

겐지는 도가미를 흘끗 보고 나서 조금 난처한 얼굴로 입을 열었다.

"……출전자가 요리를 만들어 작은 접시에 나눠 담은 것을 심사위원들이 먹고 심사하는 형식이었는데, 그것과는 별개로 일 인분을 만들어 그릇에 담아 전시했거든요. 그런데 마리야 슈가 테이블에 부딪쳐 세이이치 씨가 만든 요리를 엎어버렸어요."

"저런……."

엉겁결에 말이 새어 나왔다. 너무 노골적이었다. 만약 일부러 그런 거라면 팔구십 년대 순정 만화나 아침 드라마에나 나올 법한 전형적인 심술이었다. '아무리 그래도'라는 생각이 들었지만 당시에는 마리야도 도가미도 초등학생, 중학생이었다는 것을 생각하면 있을 수 없는 일도 아니었다. 또 마리야는 그런 고전적인 심술이 어울릴 것 같은 고양이 눈매의 미남이기 때문에 그 모습이 쉽게 상상되었다.

"그건 사고였어. 심사도 끝난 뒤였고."

"그뿐만이 아니에요. 요리를 넘어뜨려놓고 사과도 안 하고. 콘테스트가 끝난 뒤에도 세이이치 씨의 요리는 수수하다고, 그러니까 안 되는 거라고…… 그런 말을 잘난 듯이 하러 와서는."

"그런 말을 했던가."

"그랬잖아요."

당사자인 도가미가 이래서야 겐지도 화를 내는 보람이 없을 것이다. 겐지는 아직 뭔가 더 할 말이 있는 듯했지만 결국 입을 다물 수밖에 없었다.

"……어서 오세요."

도가미가 입구 쪽으로 돌아서며 손님을 맞았다.

이노세와 나쓰키도 시선을 돌려 입구를 보았다. 코끝이 빨개진 풍채 좋은 중년 남성이 머플러에 목을 파묻은 채 가게로 들어오는 참이었다.

"예약을 안 했는데 괜찮을까?"

"네. 카운터 좌석인데 괜찮으시겠습니까?"

겐지가 잽싸게 안으로 들어갔다. 남자가 코트를 벗어 카운터 좌석 뒤쪽 벽에 거는 사이 차와 물수건을 가지고 돌아왔다.

"꽤 춥군."

남자는 따뜻한 물수건으로 손을 닦으며 스스럼없는 태도로 도가미에게 웃어 보였다. 단골인 듯하다.

남자가 메뉴를 보며 이것저것 주문하는 사이 이노세는 묵묵히 요리를 먹고 있었다. 손님으로 온 이상 쫓아내지는 않겠지만 너무 끈질기게 캐물으면 의심받을지도 모른다고 생각했을 것이다. 물론 포기한 것은 아니었다. 나쓰키도 그가 타이밍을 노리고 있다는 것을 알고 있었다.

"음료를 더 주문하시겠습니까? 아니면 따뜻한 녹차를 드릴까요?"

"아, 그럼 녹차로 부탁합니다."

겐지가 큼직한 찻주전자를 들고 카운터에서 나와 두 사

람의 찻잔에 따라주었다.

"마리야 슈 씨의 지인이에요?"

겐지 쪽에서 먼저 화제를 꺼내주었기 때문에 이노세는 기다렸다는 듯이 웃는 얼굴로 "네에" 하며 고개를 끄덕였다.

"몇 번 만난 정도가 다지만요. 그런데 기억상실이라고 해서 놀랐습니다. 게다가 원인 불명이라니."

나쓰키는 슬쩍 도가미의 눈치를 살폈지만, 그는 표정을 바꾸지도 이쪽을 보지도 않고 바쁘게 손만 움직이고 있었다. 이노세도 순간 곁눈질로 도가미를 보는 것 같았지만 곧바로 겐지에게 시선을 돌리고 말했다.

"……마리야 씨, 작년 파티뿐만 아니라 어린 시절의 요리 콘테스트도 잊어버렸다고 하더군요. 매니저인 아사이 씨는 업무 스트레스가 원인이 아닐까 걱정하고 있었고요."

"응? 뭐야? 마리야 군 이야기?"

도가미나 겐지가 뭐라고 하기도 전에 옆에 앉은 남자 손님이 먼저 반응했다. 이노세와 나쓰키가 그쪽을 보자 "아아, 갑자기 끼어들어 죄송합니다" 하고는 붙임성 있게 웃었다.

"그 일이라면 나도 조금 알죠. 마리야 군이 처음 수상했던 그 요리 콘테스트도 방송국이 주최한 것인데 내가 그

방송국에서 일하고 있거든요."

남자는 자리에 앉자마자 주문한 생맥주를 벌써 절반쯤 마셨다. 얼굴이 불그레하다. 방금 마신 맥주로 취기가 돌기에는 너무 이르다. 추위 탓인가, 아니면 이미 다른 데서 술을 마시고 왔을지도 모르겠다.

"그렇습니까. 마침 조금 전에 그 이야기를 하고 있었습니다. 그 콘테스트에 계셨습니까?"

"네에, 마리야 군은 확실히 기억하고 있어요. 잘생긴 얼굴이라 화면발을 잘 받겠구나 생각했는데, 본인뿐만 아니라 요리도 화려해서 '아아, 이건 물건이구나' 하고 생각했죠. 아니나 다를까 우승하고 곧바로 텔레비전에 나와 인기를 얻더군요. 중고등학생 때 한동안 나오지 않은 시기도 있지만 지금은 완전 연예인이나 다름없죠."

겐지에 이어 그도 입이 가벼운 것 같았다. 손님끼리의 대화라면 도가미에게 저지당할 일도 없다. 이노세는 맞장구를 치며 남자의 이야기에 흥미를 드러냈다.

"좀 성깔이 있어 보이던데."

"아아, 그건 말이죠, 어렸을 때부터 그랬어요. 콘테스트 때도 아역 배우처럼 웃는 얼굴로 감사합니다, 정말 기뻐요, 하는 식으로 야무지게 말하고. 뭐, 부모가 텔레비전에 나오는 유명인이었으니까 그런 것에 익숙해졌던 걸지도 모르지만요."

남자는 기분 좋게 술술 이야기해주었다.

반쯤 남은 생맥주를 단숨에 마시고 "여기 생맥주 한 잔 더"라고 겐지에게 말했다. 잔에는 아직 맥주가 한 모금 남아 있지만 새 잔이 오기 전에 다 마실 것 같았다.

"그래도 실력은 좋아요. 섬세하고 독창적이죠. 그래 보여도 요리에 관해서는 진지하고 금욕적이고…… 게다가 역시 얼굴이 잘생겼으니까, 텔레비전 같은 데 나오려면 그런 점이 강점이 되죠."

남자는 카운터에 양 팔꿈치를 올리고 몸을 살짝 내밀며 도가미에게 말을 걸었다.

"도가미 군도 먹힐 거라고 생각하는데. 마리야 군과는 스타일이 다르니까 캐릭터도 겹치지 않고. 두 미남 요리사의 대결이라는 식으로 방송하면 괜찮을 것 같은데…… 어때, 생각해봤나?"

"그럴 주제가 못 됩니다. 말씀만 감사히 받겠습니다."

도가미는 쓴웃음을 지으며 상대하지 않았다. 이런 대화도 처음이 아닐 것이다. 몇 번이나 제안이 들어오는 것을 거절하고 있는지도 모른다.

매번 죄송합니다, 하며 거절하고는 큰 손으로 장방형 도기 접시에 담은 봉초밥을 카운터에 올려놓았다.

"구운 소라와 꽁치 봉초밥입니다."

"우아."

나쓰키는 감탄하며 젓가락을 집어 들었다. 이렇게 맛있는 음식을 먹을 수 있다면 정보 수집에 어울리는 것도 나쁘지 않았다. 봉초밥을 입으로 옮기면서 도가미를 슬쩍 보았다.

표면에 눌은 자국이 있는 누름초밥은 향이 구수했고, 입 안에 넣자 부드러운 꽁치 살이 사르르 녹았다. 실력이 좋은 것은 틀림없다. 게다가 확실히 마리야와는 정반대 타입의 남자다. 과묵하고 진중하달까. 경박함이 없어 보인다. 아무래도 나이가 비슷하고 둘 다 요리사니까 종종 비교됐을 것이다.

(겐지 씨는 마리야 씨가 멋대로 라이벌로 여긴다고 말했지만.)

왠지 알 것 같은 기분이 들었다. 마리야나 도가미에 대해서 깊게 알지 못하는 나쓰키조차 잠깐 이야기를 나눈 것만으로도 정반대라는 인상을 받았다. '두 사람, 안 맞겠네'라는 생각이 들었다.

(비교당하는 것을 싫어했다고 아사이 씨가 말했던가…….)

찻잔에 손을 뻗다가 이노세와 눈이 마주쳤다. 그도 같은 생각을 하고 있었던 것 같다. 기억술사에 의해 지워진 마리야의 기억.

도가미는 어린 시절의 요리 콘테스트에도, 일 년 전의 파티에도 참석했다. 어쩌면 마리야가 잊어버린 것은, 그러니까 기억술사에게 지워달라고 부탁한 것은 도가미에 관한 기억일지도 모른다.

"……도가미 씨는 기억이 분명치 않다거나 남에게 건망증을 지적받거나 하는 일은 없습니까?"

이노세가 꼬챙이로 소라 알맹이를 요령 좋게 끄집어내면서 물었다. 농담이라고 생각했는지 겐지가 웃었다.

"지금으로선 없습니다."

도가미는 진지하게 대답해주었다.

"마리야 씨는 도가미 씨에게 와인을 쏟은 일뿐만 아니라…… 도가미 씨 자체를 기억하지 못하는 것 같다고 합니다."

일부러 그 말을 전하는 것은 도가미의 반응을 보기 위함이었다. 나쓰키는 눈을 들어 도가미를 보았다. 이노세도 도가미를 응시하고 있었다. 예상은 했지만 그의 표정은 조금도 달라지지 않았다.

"마리야 씨가 기억을 잃은 것에 대해 도가미 씨는 뭐 짚이는 데 없습니까?"

"……글쎄요. 저는 딱히."

도가미에게 더 이상 정보를 끌어내는 것은 어려울 것 같았다. 계속했다가는 경계심만 키울 수 있었다. 아니, 그 전에 도가미는 정말 아무것도 모르는 것처럼 보였다. 그의 기억이 사라졌다고 해도 아직 자각은 없는 것 같았다.

기억술사에 관한 것까지 다 털어놓고 자세한 이야기를 듣자면 남의 눈이 없는 편이 좋다. 다른 기회에 다시 올 필요가 있을 것 같았다. 이노세도 그렇게 판단했는지 더 이상 아무 말도 하지 않고 식사를 계속했다.

"잘 먹었습니다. 정말 맛있었습니다."

마지막 요리까지 맛있게 먹고 만족스럽게 자리에서 일어섰다. "또 올게요"라고 이노세가 말하자, 도가미는 "감사합니다, 기다리고 있겠습니다"라며 머리를 숙였다.

마리야에 대한 것만 시시콜콜 캐묻는 손님을 수상쩍게 여길 만도 한데 적어도 그것을 겉으로 드러내는 일은 없었다. 계산을 마치고 겐지가 문밖까지 배웅하려는 것을 "여기서 괜찮습니다"라며 이노세는 웃는 얼굴로 말리고 직접 미닫이를 열었다.

마침 가게에 들어오려던 손님과 부딪칠 뻔해 "죄송합니다"라고 한 걸음 물러섰다. 고급스러운 코트에 고급스러운 머플러를 늘어뜨린 남자였다. 남자는 "실례합니다" 하고 신사적으로 사과하고 길을 터주었다. 뒤로 일행이 있는 것이 보였다. 아마도 테이블 좌석의 예약 손님일 것이다.

가볍게 고개를 끄덕이고 먼저 문을 빠져나갔다. 가게 밖으로 나와 깜짝 놀랐다. 남자가 데려온 것은 놀랍게도 마리야였다.

"안녕하세요" 하고 이노세가 인사를 하자 마리야도 알아챈 듯 가볍게 인사했다. 그는 의아하다는 표정을 지었다. 방금 전에 보고 또 만난 것에 당황해하는 모습이랄까, 솔직히 말하면 우연인지 의심하고 있는 모습이었다.

역시 도가미와는 정반대다.

"아직 많이 알려지지 않았지만 미식가들 사이에서 조금씩 평판을 얻고 있는 곳이야. '하쓰쿠라'의 주방장도 칭찬한 곳이지."

"그렇습니까, 느낌이 좋은 가게네요."

출입문이 닫히려는 찰나 남자와 마리야의 대화가 들려왔다.

세 번째 에피소드

저주를 끊는 자

초등학교 오학년 때 방송국에서 주최하는 어린이 요리 콘테스트에 출전했다. 일등을 한 어린이에게는 요리를 테마로 한 예능 프로그램에 게스트로 출연하는 특전이 주어졌다. 당시 큰 인기를 얻고 있는 방송이었기 때문에 출전자 수가 이천 명을 넘었다. 그중에서 예선을 통과한 출전자만이 텔레비전 카메라가 있는 키친 스튜디오에서 요리를 만들어 심사위원에게 평가를 받을 수 있었다.

요리의 맛과 모양, 아이디어를 종합적으로 평가한 뒤 심사위원의 표와 관객의 표를 합쳐 우승자를 결정하는 방식이었다.

마리야는 확실하게 기억하고 있었다, 자신이 뭘 만들었

는지, 도가미가 뭘 만들었는지, 시식으로 먹었던 도가미의 음식이 어떤 맛이었고, 그 후에 무슨 일이 있었는지, 그리고 도가미의 표정까지도.

마리야가 일등, 도가미는 이등이었다. 아마도 도가미는 벌써 잊었을 것이다. 이등 상패와 부상으로 여행권을 받은 그는 별로 기뻐 보이지 않았다. 그렇다고 해서 분한 것 같지도 않았다. 아무래도 좋은 것 같았다.

그날 마리야는 저주에 걸렸다. 그리고 그 저주는 지금까지도 풀리지 않고 있다.

도가미와 재회한 것은 여름이었다. 콘테스트 후 십오 년 가까이 지났을 무렵이었다. 지인에게 이끌려 들어간 가게에서 우연히도 도가미가 일하고 있었다. 그 가게는 지인의 단골 가게인 것 같았다. 나름대로 고급스러운 요리들이 나왔는데 몇 번째인가에 해산물 튀김이 나왔다.

여주를 얇게 썰어 다시마 육수와 소금으로 간을 한 다음 해산물과 섞어서 튀긴 요리였다. 여주의 씨와 속까지 한꺼번에 튀겨서 겉은 바삭하고 속은 부드러운 식감의 차이가 즐거움을 주었다.

한 입 먹고 알았다. 그 전까지 나온 요리와는 만든 사람이 달랐다. 어느 쪽이 더 뛰어나다거나 뒤떨어진다는 것이 아니라 맛을 내는 방식이 달랐다. 쉽게 말하면 마리야 취향의 맛이었다.

"여주 튀김인가. 여름답군."

"정말이에요. 여주에 새우랑 관자랑…… 그리고 이 가지가 부드럽고 맛있어요!"

같이 온 여성 작가가 환호성을 질렀다.

(가지가 아니야, 여주 속이라고.)

맛의 차이도 모르는 여자는 입 다물고 있어. 소리 내어 말하지는 않았지만 마리야는 그런 생각을 하면서 튀김을 한 입 베어 물었다. 얇게 썬 여주에는 육수가 배어 있어 간도 절묘하고 튀긴 정도도 흠잡을 데가 없었다.

열중해서 맛보고 있는 사이 어느샌가 주방장이 인사하러 와 있었다. 이 자리를 마련한 지인과 주방장은 안면이 있는 사이인 것 같았다.

"주방장, 이거 진짜 맛있는데. 이런 건 처음 먹어봐."

지인은 먹고 있던 튀김을 가리키며 기분 좋게 말했다. 회색 머리를 흐트러짐 없이 빗어 넘긴 주방장은 웃는 얼굴로 머리를 숙인 다음 뒤쪽을 보며 불렀다.

"세이이치!"

"네."

낮은 목소리로 답하며 키가 큰 젊은 요리사가 얼굴을 내밀었다.

"그건 이 녀석이 만든 겁니다. 이번에 독립하거든요. 9월부터 K 거리에 가게를 낸다고 하니 잘 부탁드립니다."

주방장이 재촉하자 무릎을 꿇은 채로 자세 좋게 머리를 숙였다. 단정하고 날카로운 얼굴의 젊은 요리사를 보고 여성 작가는 "어머, 나 단골 해야겠다"라며 몸을 배배 꼬았다.

고개를 숙였다 들어 올린 그의 얼굴을 보고 마리야는 순간 꼼짝도 할 수 없었다. 젓가락을 내려놓아서 다행이었다. 들고 있었다면 떨어뜨렸을지도 모른다. 이름을 들을 것도 없다. 얼굴도 이름도 기억하고 있다.

(도가미 세이이치.)

태어나서 처음으로 졌다고 느낀 상대였다. 도가미도 마리야의 얼굴을 봤을 텐데 표정이 달라지지 않았다. 십오 년 전에 한 번 만났을 뿐인 상대의 얼굴 따위 기억하지 못해도 어쩔 수 없다. 초등학생 때와는 얼굴도 다소 달라졌을 것이다. 콘테스트 때는 실수를 해서 좋은 추억 같은 건 없으니까 오히려 잊어주는 편이 좋을 정도다.

(하지만 '마리야 슈'의 얼굴 정도는 알고 있어도 되잖아?)

요리사로서 조금은 얼굴이 알려졌다고 생각했는데, 마리야가 시선을 보내도 도가미는 전혀 반응이 없었다. 마리야는 분한 마음과 까닭 모르게 창피한 마음이 치밀어 올라 고개를 숙였다. 잔을 들고 맥주를 따라 혀에 남은 맛을 씻어냈다.

(딱히 상관없지만.)

신경 쓰지 않아. 신경 쓸 일도 아니야. 그냥 그런가 하고 생각했을 뿐이야.

(텔레비전도 잘 보지 않을 것 같고. 게다가 그런 옛날 일은 잊어버린 게 당연해.)

자신만 기억하고 있다. 우연히. 그뿐이다. 그런데도 그를 본 순간부터 십오 년 전의 기억이 되살아났다. 마리야는 마치 무력한 어린아이로 돌아간 것 같은 불안함에 눈빛이 흔들렸다.

행복했던 맛의 추억은 처음 맛본 실망과 자기혐오도 함께였다.

*

도가미는 그 후 K 거리에 가게를 낸 것 같았다. 안쪽에 테이블 좌석이 하나 있고 나머지는 카운터 좌석뿐인 작은 가게였다. 정보는 들어서 알고 있지만 가본 적은 없었다. 그런 작은 가게에서 얼굴을 보지 않고 식사를 하기란 불가능하다. 자신이 가면 분명 도가미도 알아챌 것이다.

(뭐, 나 따위는 기억도 못 하는 것 같던데. 알아보지 못할지도 몰라.)

얼굴을 가리고 가면 자의식 과잉이라고 여겨질 것 같고, 그러다 걸리면 괜히 더 창피하다. 누가 불러서 도가미의 가게인 줄 모르고 들어가는 방식이 가장 좋은데, 그러려면 용의주도한 사전 교섭이 필요하다. 이리저리 궁리를 했다.

이런 식으로 의식하고 있는 것도 자기 혼자뿐이라는 것을 알고 있다. 도가미는 두 번째로 만났을 때의 일조차 기억하지 못할지도 모른다. 애써 태연한 얼굴로 가게에 가봤자 정작 신경 쓰는 사람은 아무도 없을 것이다. 하지만 자신이 먼저 도가미의 가게에 그의 요리를 먹으러 가는 것은 왠지 지는 것 같은 느낌이 들었다. 그리고 자신이 졌다는 것을 사람들 앞에서 인정하는 것 같아 거북했다.

그럼에도 가지 않는다는 선택지는 없었다. 그 여주 튀김은 정말 맛있었기 때문이다. 겉은 바삭바삭한데 속은 부드럽고 촉촉했다. 여름 채소를 그렇게 맛있게 요리한 그가 계절마다 제철 식재료를 써서 어떤 요리를 만들지 상상하니 도저히 가만히 있을 수 없었다.

도가미는 왠지 싫지만 그의 요리는 완전히 자신의 취향이었다. 취향에 맞는 요리가 먹고 싶으면 직접 만들면 되지만 도가미의 요리에는 그에게는 없는 발상이 있었다.

마리야는 자신과 전혀 다른 타입의 요리사가 만든 요리에 순수하게 감동했다. 질투하는 것도 참고하는 것도 아니다. 그저 자극을 받아 자신도 요리를 하고 싶어 견딜 수 없게 되는 것이다. 그런 감각은 오랜만이었다. 그것은 먹는 사람에게도 만드는 사람에게도 무척 행복한 감각이다.

도가미를 보면 자동적으로 떠오르는 십오 년 전의 괴로운 기억은 둘째 치고 그의 요리 자체는 그저 훌륭하고 매력적이었다.

(나라면 어떻게 만들었을까. 예를 들면…… 여주를 좀 더 얇게 썰어서 칩으로 만들고 쓴맛을 살려 고명 같은 느낌으로…… 흰살 생선으로 만든 뫼니에르(생선에 밀가루를 묻혀서 구운 프랑스식 요리 – 옮긴이)와 곁들인다거나…….)

"여주라……."

"여주 말입니까? 확실히 비타민 같은 게 많긴 하죠."

생각이 무의식중에 입 밖으로 나왔다. 마리야는 그렇게

중얼거린 말이 채택되자 정신이 들었다. 미팅 자리였던 것이 떠올랐다. 전화를 받으러 자리를 떠났던 에디터가 막 돌아온 참이었다.

"그런데 이번 호는 가을에 나올 거라서…… 여주 레시피는 계절감이 좀 그렇지 않을까요? 구하기도 어렵고."

"그렇겠군."

마리야는 올해부터 패션지에 연재를 하고 있었다. 주 독자층인 젊은 여성들이 좋아할 만한 간단하면서도 세련되고 건강한 메뉴를 구상해 레시피와 사진을 싣는 것이다. 요리 사진뿐만 아니라 요리하고 있는 마리야의 스냅사진도 매회 실리고 있기 때문에 일부 동종업계 사람들은 인상을 찌푸릴 만한 기획이었지만 독자들에게는 꽤 반응이 좋은 것 같았다. 이번 호는 피부에 좋은 메뉴로 하자는 데까지 이야기가 진행되었다.

"가을 호라면 역시 버섯이라든가……."

한참 말하고 있는데, 뒤쪽에서 여자들의 대화소리가 들려왔다.

"저기, 혹시 기억술사라고 알아?"

'기억술사'라는 단어가 그의 귀에 스르르 미끄러져 들어왔다. 묘한 울림이다. 기억술사…… 기억술사라고? 돌아보니 몇 번인가 본 적이 있고 분명 같이 촬영한 적도 있는 것 같은 여자 모델이 스타일리스트와 이야기하고 있었다.

촬영을 끝내고 돌아가는 길인지, 지금 막 온 건지 알 수 없지만 코트를 입고 가방을 들고 있었다. 마리야가 보고 있는 것을 알아챈 듯 "어머, 마리야 씨"라며 고개를 꾸벅 숙였다.

"저기, 그거 무슨 이야기야?"

"네?"

"좀 전에 기억술사라고."

여고생 사이에서 유행하고 있는 만화 같은 것일까. 그녀는 큰 눈을 빛냈다. 분명 리나였나, 그런 이름이었을 것이다.

"마리야 씨, 알고 계세요?"

"아니, 들은 적 없는데…… 뭐야?"

그녀는 조금 곤란한 얼굴을 했다. 뭐라고 설명해야 좋을 지 망설이고 있는 것 같았다. "어, 그러니까……"라며 시선을 피하고 머뭇거렸다.

"그게…… 도시전설이에요. 기억술사라는 정체불명의 사람이 나타나 잊고 싶은 기억을 지워준다는."

"기억을……?"

"아, 그게 소문을 들었는데. 좀 재미있다고 생각했을 뿐이에요."

어린애 같은 이야기라 부끄럽다고 생각한 건지 얼버무리듯이 웃으며 손을 내저었다.

"미팅을 방해해서 죄송해요. 그럼 실례하겠습니다."

그렇게 말하고 다시 한 번 고개를 꾸벅 숙인 다음 가버렸다. 정보는 필요하지만 그것에 대해 깊게 이야기하고 싶지는 않은 것 같았다. 그는 에디터 쪽으로 몸을 돌려 미팅을 중단한 것에 대해 사과했다. 링노트를 펴고 '버섯', '피부미용', '허브?'라고 써 넣었다.

기억술사. 처음 듣는 말이지만 왠지 귓가에 맴돌았다. 딱히 색다를 것 없는 이야기인데도 미팅 내내 마리아의 머릿속 어딘가를 차지하고 있었다. 미팅 결과 다음 기사에 실을 메뉴는 발사믹 드레싱을 사용한 버섯과 바질 샐러드로 결정되었다.

(기억술사란 말이지.)

매니저가 자동차를 가져오기를 기다리며 스마트폰으로 검색해보았다. 몇 개의 사이트와 게시판이 나왔다. 만화나 영화 같은 출처가 있는 것이 아니라 십 년 전쯤 유행했던 입 찢어진 여자나 사람 얼굴을 한 개(犬)와 비슷한 괴담 속 괴인인 것 같았다.

녹색 벤치에서 기다리고 있으면 나타난다는 둥, 역 게시판에 연락처를 써두면 연락이 온다는 둥, 인터넷상에서 찾는 것이 가장 확률이 높다는 둥, 기억술사와 접촉하기 위한 방법도 몇 개 찾을 수 있었다.

하지만 누가 언제 어디에서 기억술사를 만나 무슨 일이 있었는지와 같은 구체적인 에피소드는 어디에도 나와 있지 않았다. 도시전설은 그런 점이 중요하달까, 재미있는 부분이라고 생각하지만.

(어차피 만나면 기억이 지워질 거니까 에피소드가 남아 있는 것도 부자연스럽겠지.)

어쨌든 만들어낸 이야기다. 실화일지도 모른다고 믿을 만한 요소는 전혀 없었다. 사람의 기억을 지울 수 있는 정체불명의 인물이라는 설정뿐, 살이 붙어 있지 않으니 리얼리티를 느낄 수가 없는 것이다. 성형수술에 실패해 입이 찢어진 여자가 마스크를 쓰고 돌아다니며 '나 예뻐?'라고 묻는 것 이상으로 난센스였다.

별생각 없이 게시판을 훑어보다 'RINA'라는 이름으로 올라온 글을 발견했다. 드문 닉네임은 아니지만 아마도 역시 그녀일 것이다.

(흐음, 믿고 있구나.)

그녀는 도시전설의 괴인을 진심으로 믿을 나이는 지났을 것이다. 하지만 왠지 우습게 여길 마음은 들지 않았다. 그 애에게도 지우고 싶은 기억이 있는 걸까 하고 생각했을 뿐이다.

(자기 말고는 아무도 기억하지 않지만 정작 자신은 아직도 잊지 못해 정신적인 족쇄가 되고 있는 실패의 기억이라든지.)

그 일을 신경 쓰고 있는 건 자신뿐이라는 것을 알고 있지만 그래도 신경 쓰는 것을 멈출 수 없는 시시한 실패의 기억. 어른이 된 지금이라면 별것 아니라고 웃어넘길 수 있지만 어렸기 때문에 고스란히 상처가 되어버린 사건. 그래서 비뚤어진 성격이 되어버린, 비뚤어진 성격의 시발점이 된 사건. 자신의 마음속에서만 일어난 일. 오로지 자신의 마음속에만 남아 있는 일이라면 자신만 그것을 잊어버리면 모든 것이 해결된다. 한 발짝 내딛기 위해 그 기억을 없애버린다면.

(……그런 기분이랄까.)

말도 안 돼. 마리야는 고개를 젓고는 스마트폰을 껐다. 가공의 괴인에게 의지하는 일 따위 생각하는 것조차 무의미하지만 만약 기억술사가 실제로 존재한다고 해도 그럴 수는 없다. 자신의 기억을 지워달라니, 그런 부탁을 할 수는 없다.

어린 시절 그날을 기점으로 그는 세상에 실망했다. 하지만 그 맛을 알게 된 것도 같은 날이었다. 생각해보면 진심으로 요리에 뜻을 두게 된 것도 분명 그날이 시작이었다. 씁쓸한 기억을 지워주는 대신이라고 해도 그 맛을 잊고 싶지는 않았다.

*

마리야는 친분상 참석했던 리셉션 파티에서 도가미를 발견했다.

후배일까, 아직 대학생 정도로 보이는 젊은 남자를 데리고 왔다. 가게에서 데리고 있는 수습일지도 모른다. 그는 '왜, 도가미가 여기에?'라고 혼자서 동요했다. 그러고 보니 초대장을 준 것이 여주 튀김을 먹었을 때 같이 있던 남자였다는 것이 생각났다. 그때 그 가게 주인과 친한 것 같았으니까 분명 초대장을 보냈을 것이다. 그래서 가게 주인이 도가미도 데리고 온 걸지 모른다. 아니면 가게 주인이 오지 못하게 되어 대신 온 것일까.

마리야는 신경이 쓰여서 힐끗힐끗 보고 있었지만 도가미는 이쪽을 알아챌 기미도 없었다. 불쾌한 기분도 들었지만 알아챘다고 해도 자신만 거북할 테니까 말을 걸지 않고 등을 돌렸다. 그의 가게에는 아직 한 번도 가보지 못했다. 먹지 못한 요리가 얼마나 많을지 생각하니 속이 탔다. 차라리 우연을 가장해 사람이 적은 시간을 노려 갑자기 들어가볼까?

(어라? 그거 괜찮은데?)

그거다. 십오 년 전의 일 같은 건 다 잊은 척하고 말을 걸면 되는 것이다. '이전 가게에서 한 번 봤지?'라고, '가게를 냈다는 말은 들었는데 여기가 그쪽 가게였나'라고. 그저 손님으로 찾아가는 것이다. 그거라면 가능하다. 도가미는 자신을 기억하지 못하니까.

(그래, 그거야. 왜 좀 더 빨리 생각하지 못했을까.)

만약 도가미가 자신을, 십오 년 전의 일을 기억하고 있다고 생각하면 몸이 움츠러들지만 기억하지 못한다는 쪽에 걸어볼 가치는 있었다. 적어도 자신은 아무것도 모르고 우연히 가게에 들어왔다는 태도를 가장하면 도가미가 자신을 알아보더라도 타격을 최소한으로 줄일 수 있을 것이다.

(들어갔는데 예약으로 만석이라는 말을 들으면 민망할 테니

까, 그래, 가명으로 예약을 해두고 직전에 취소하는 거야. 그리고 그때 우연히 지나가던 내가 갑자기 '예약은 안 했는데 자리 있습니까?'라는 식으로…… 자연스럽게. 음, 좋아, 아주 자연스러워.)

도가미가 아무것도 기억하지 못하는 것 같으면 그때부터 자주 다니면서 단골이 되면 된다. 마리야는 오랫동안 방송에 출연하면서 몸에 밴 가식으로 미스터 퍼펙트를 연기해 보일 자신이 있었다. 좋은 손님이라는 인상을 남기고 어느 정도 친해진다. 그러면 후에 어떤 계기로 십오 년 전 일이 떠오른다고 해도 '그때는 어렸으니까' 정도로 끝날 수 있다.

도가미의 요리를 먹으면 맛있는 것을 먹었을 때의 순수한 감동과 흥분, 그리고 요리를 좋아하는 솔직한 마음을 떠올릴 수 있었다. 닳아버린 것을 조금씩이나마 되찾을 수 있을 것 같은 기분이 들었다. 그래서 언젠가 도가미에게도 요리사로서의 자신을 인정받을 수 있다면 그 시점에서 분명 자신들은 대등해질 수 있을 것이다.

"마리야 씨, 오랜만입니다."

벽 쪽을 향해 서서 흥분을 억눌러 참고 있는데 뒤에서 누군가 말을 걸어왔다. 돌아보니 슈트를 입은 남자가 서 있었다. 센스 없어 보이는 넥타이를 매고 있었다. 어디선가 본 얼굴인데 기억이 나질 않았다. 명함을 건네받지 않았으니까 만난 적이 있어도 최근에 같이 일을 했던 상대는 아닐 것이다.

"오늘은 부모님은 같이 안 오셨습니까?"

상대가 그렇게 묻자 그제야 이해가 갔다. 마리야의 부친은 미슐랭 스타를 획득한 레스토랑의 경영자다. 지금은 방송에도 가게에도 거의 나오지 않지만 옛날에는 마리야보다 훨씬 이름이 알려진 요리사였다. 지금도 각계각층에 인맥이 뻗어 있고 재력과 영향력이 대단하다.

이 남자도 아마 그의 부친과 관련된 어떤 이벤트에서 만났을 것이다. 젊은 요리사 같은 건 아무래도 상관없고 결국은 부친과 연결되고 싶은 것뿐이다. 마리야는 내심 넌더리가 났지만 친절하게 응대했다.

흔히 있는 부류다. 유쾌하지는 않지만 이미 익숙해졌다. 어렸을 때부터, 십오 년 전 콘테스트에서 상을 받고 텔레비전에 나오게 된 후부터 이런 일은 일상다반사였다.

마리야 자신도 어느 정도 유명해졌고 지금은 부친의 이름이 언급되는 일도 줄었지만 마리야의 요리에 관심도 없는 사람이 다른 목적으로 접근해오는 일은 여전했다. 부친의 이름이거나 마리야의 지명도거나 시청률이거나 그 목적이 다양해졌을 뿐이다.

이제 와서 그런 것에 실망하지는 않는다. 요리를 잘하는 것만으로 인정받는 데도 한계가 있고, 타산이 있기는 마리야도 마찬가지다. 먹기도 전부터 '좋은 기사를 써줄게'라고 말하는 작가나 마리야의 요리를 한 번도 먹어본 적 없으면서 방송 출연을 의뢰하는 프로듀서를 마리야도 이용해왔기 때문에 피차일반이다.

(어렸을 때부터 주변에 있는 게 죄다 그런 녀석들뿐이니까 내가 점점 비뚤어진 거야.)

표면상의 찬사에 표면상의 미소로 답하는 것에는 완전히 익숙해졌다. 원래 그런 것이라고 생각하면 화도 나지 않고 일일이 상처받지도 않는다. 다만 그 대신에 잃어버린 것도 있을 것이다.

경박한 애송이라고 마리야를 싫어했던 유명 요리사가 그의 가게에 와서 요리를 먹고 칭찬해줬을 때는 기뻤다. 하지만 어쩌면 그 사람은 아버지가 신경 쓰여 그런 걸지도 모른다. 그런 생각이 머리를 스치면 마냥 기뻐할 수만은 없었다.

어리석다는 것은 자신도 알고 있다. 주위에서 뭐라고 하든 요리사로서 실력과 혀를 믿으면 그만이다. 자신감을 갖고 자신의 요리에만 집중하면 주위의 평가 같은 것은 신경 쓸 필요도 없다. 하지만 그것을 믿고 안 믿고를 떠나, 알면서도 어쩔 수가 없는 것이다.

인정받고 싶어서 남의 평가에 신경 쓰지만 어떤 찬사도 진심으로 믿지 못했다. 그것은 십오 년 전 콘테스트 회장에서 마리아에게 내려진 저주였다. 하지만 작은 씨앗과 같았던 그것에 물을 주고 키운 것은 마리야 자신이었다.

말을 걸어온 남자와는 무난한 이야기로 적당히 상대하다가 사람들 사이에서 지인을 발견한 척하며 빠져나왔다.

도망치는 도중에 파티 주최자를 발견해 그 김에 인사를 끝내뒀다. 이걸로 도리는 다 했다. 언제든 돌아가도 된다고 생각하니 마음이 편해졌다. 화려한 자리를 싫어하는 것도 아니고 가식적인 미소도 특기지만 그렇다고 피곤하지 않은 건 아니었다. 자신이 주역이 아닐 때는 특히 그랬다.

(오래 있지 말고 집에 가자.)

웨이터에게 화이트와인 잔을 받아 카나페를 먹으며 자연스럽게 목 바깥쪽 근육을 늘렸다. 요리는 '호텔 입식 파티가 다 그렇지 뭐' 수준이었지만 애초에 크게 기대하지도 않았다. 와인은 나쁘지 않아서 좋은 점수를 주었다.

그러고 보니 도가미는 어디에 있을까. 이런 자리는 익숙하지 않은 것 같으니까 벌써 돌아갔을지도 모른다. 와인을 두 모금째 마셨을 때 "아, 마리야 슈다"라고 자신의 이름이 들렸다. 호의적인 음성이 아니었다. 마리야를 부른 게 아니라 사람들 속에서 우연히 발견하고 엉겁결에 입 밖으로 튀어나온 것 같은 느낌이었다.

(남의 이름을 막 부르다니.)

이런 파티 자리에서는 그런 일이 별로 없지만 번화가에서는 드물지 않았다. 무시해버려도 그만이지만 들었다는 것을 드러내며 싱긋 웃어 보이는 정도는 해줘야겠다고 생각하고 돌아섰다. 그 기세에 왼손에 들고 있던 와인 잔이 뒤에 있던 누군가의 가슴에 닿았다.

(아……!)

와인이 출렁였다. 손에서 떨어질 뻔한 잔을 고쳐 잡으려다 반지 때문에 손이 더 미끄러졌다. 다 쏟아버리지는 않았지만 잔이 기울어 안에 든 와인의 대부분이 상대방의 슈트 오른쪽 옆구리 부근에 쏟아졌다.

(거짓말. 이건 꿈일 거야.)

이런 실수를 하다니. 쿨하고 스마트한 키친의 귀공자가 이 무슨 추태를. '죄송합니다'라고 말하려고 고개를 들어 상대방의 얼굴을 본 순간 몸이 굳어버렸다. 놀란 얼굴의 도가미 세이이치와 눈이 마주쳤다.

(하필이면.)

싸악. 핏기가 가시는 소리가 들리는 듯한 기분이 들었다.

"……아, 저기."

"세이이치 씨! 괜찮으세요?"

도가미의 일행인 젊은 남자가 서둘러 테이블에서 냅킨을 가져와 세이이치에게 건넸다. 그 목소리로 알아챘다. 조금 전 마리야의 이름을 중얼거린 것은 그였다.

"별로 안 젖었어."

"무슨 소리예요. 흠뻑 젖었잖아요."

손을 뻗어 추가로 냅킨 두 장을 집어 도가미에게 건네면서 우두커니 서 있는 마리야를 매섭게 노려보았다.

"콘테스트 때도 그렇고, 당신 세이이치 씨한테 무슨 앙심이라도……."

"겐지, 그만둬. 주최자나 다른 참석자에게 민폐잖아."

셔츠를 냅킨으로 누르며 도가미가 말했다.

"게다가 벌써 몇 년 전 일이야."

겐지라고 불린 청년은 꾸지람을 듣고 불만스러운 듯이 입을 다물었다. 하지만 마리야는 항의를 받은 것보다 그가 말한 한마디에 완전히 얼어붙었다.

(콘테스트 때라니.)

짚이는 것은 하나밖에 없었다. 마리야와 도가미가 출전한 십오 년 전의 요리 콘테스트. 그러고 보니 이 시바견 같은 청년도 그때 회장에 있었던 것 같다. 출전자는 아니지만 수상식 후 도가미 곁에 붙어 다니던 아이가 있었다.

(기억하고 있었어?)

이 청년이 기억하고 말고는 아무래도 좋다. 문제는 도가미였다. 처음부터 알고 있었는지 나중에 생각났는지는 알 수 없다. 하지만 그 말투로 미루어 도가미도 십오 년 전 콘테스트에서 무슨 일이 있었는지 기억하고 있으며 상대가 마리야였다는 것도 알고 있는 것 같았다.

(최악이야.)

이걸로 아무 일도 없었던 척하며 말을 건다는 작전은 쓸 수 없게 됐지만 실행하기 전에 알게 된 것은 불행 중 다행이었다. 하마터면 큰 창피를 당할 뻔했다. 기억하지 못했으면 좋았을 텐데. 십오 년 전 처음 만났을 때부터 추태 연발로 이미 이미지가 최악일 텐데 그것을 또 반복해버렸다.

울고 싶어졌다. 그만 집에 가고 싶다. 하지만 그럴 수는 없었다. 도가미 속 자신의 이미지가 최저기록을 경신한 마당에 마리야 슈의 쿨하고 스마트한 대외적인 이미지마저 땅에 떨어뜨릴 순 없었다.

숨을 들이마시고 내뱉었다. 흐트러진 모습을 보여선 안 된다. 침착하자. 어른이니까. 여유를 갖고. 이런 건 별일 아니다. 평소처럼. 이미지를 무너뜨려선 안 돼.

입에 힘을 주고 턱을 들었다. 표정을 만든 다음 겉옷에서 지갑을 꺼내 만 엔짜리를 테이블에 올려놓았다.

"세탁비."

생각보다 훨씬 냉정한 목소리가 나왔다.

"뭐어?"

겐지가 목소리를 높였다. 당사자인 도가미는 거의 표정에 변화가 없었다. 다만 살짝 눈이 가늘어졌다. 분노라기보다 경멸하는 듯한 느낌이 들어 심장이 싸늘해졌다.

도가미는 와인으로 젖은 냅킨을 정리해 테이블 끝에 두고 차가운 목소리로 말했다.

"필요 없어."

등을 돌리고 걸어가는 그를 잠깐만요, 하고 부르며 겐지가 쫓아갔다. 더할 나위 없이 명확한 거절이었다. 심장은 두근두근 소리를 내고 있는데 피가 멈춘 것처럼 발끝부터 차가워졌다. 도가미도 겐지도 보이지 않게 되었다. 하지만 마리야는 그 자리에서 움직이지 못하고 십오 년 전의 일을 떠올리고 있었다.

*

예전에 '요리 버라이어티'라는 간판을 내건 인기 프로그램이 있었다. 방영은 몇 년 전에 끝났지만 지금도 여름방학이나 연말 특별방송으로 편성되는 경우가 있어 마리야도 몇 번 출연한 적이 있다. 탄탄한 인기를 자랑하는 방송 프로그램이다.

십오 년 전에는 꽤 높은 시청률을 자랑하던 방송국의 간판 프로그램이었다. 그 프로그램 속 기획으로 요리 콘테스트가 개최되었는데 당시 열한 살이었던 마리야도 출전했다. 계기는 잘 기억나지 않는다. 아마도 스스로 나가고 싶다고 했을 것이다. 요리에는 자신이 있었다. 당시에도 어른들에게 칭찬받는 것이나 사람들이 추켜세워주는 것을 좋아했다.

당시 마리야의 부친은 미슐랭 가이드에도 실린 유명 음식점의 오너 셰프였고, 현재 디자이너로 활동하고 있는 모친은 그 무렵에는 아직 모델을 은퇴하지 않았다. 말하자면 마리야는 유명 인사의 자녀였다.

예선을 여유롭게 통과하고 결승전 진출자를 위해 텔레비전 카메라가 설치된 키친 스튜디오에 들어가자 "마리야 셰프의 아들이래", "눈매가 엄마를 닮았네"라는 말소리가 들렸고 시선도 느껴졌다.

출전자를 소개할 때도 당연한 듯이 '부친의 재능을 이어받은 천재 소년 요리사', '모친을 닮은 미적 센스에 주목'이라는 홍보 문구가 따라붙었다. 하지만 마리야는 신경 쓰지 않았다. 주목받아서 나쁠 일은 없다. 그런 걸로 긴장하거나 압박감을 느끼지는 않았다.

그에게는 모두를 놀라게 할 요리를 만들 수 있다는 자신감이 있었다. 제한된 시간 안에 마리야는 세 가지 요리를 만들어 출품했다. 전채로는 저온에서 정성껏 구운 새우에 어린잎을 곁들인 샐러드를 냈다. 메인 요리는 오리고기 로스트에 와인과 발사믹 소스로 풍미를 더했고, 디저트는 파이 반죽에 아이스크림과 캐러멜 입힌 사과를 넣어서 만들었다.

채소 무스를 곁들이거나 디저트 접시 바닥에 소스를 바른 다음 다른 색깔 소스로 모양을 그리는 등 데코레이션에도 정성을 들였다. 화려한 모양에서는 발군이었을 것이다.

출전자가 완성된 요리를 보기 좋게 담아낸 것이 한 세트로 전시되면, 그것을 바탕으로 모양 심사가 이루어진다. 이어서 그것과는 별개로 준비된 시식용 요리로 맛 심사가 이뤄지는 방식이었다.

심사위원과 관객은 각자 요리의 모양만 보고 판단해 마음에 드는 출전자에게 표를 주고, 그런 다음 시식에 들어간다. 시식을 끝낸 순서대로 맛에 대한 투표를 실시해 최종적으로 종합적인 심사 결과가 발표된다.

심사위원에게 내는 것과는 별개로 각 요리는 한 입씩 작은 접시에 나눠 담아 관객과 출전자도 시식할 수 있게 되어 있었다. 마리야가 만든 프랑스 요리 앞에는 가장 긴 줄이 늘어섰다.

(뭐, 당연한 결과지.)

마리야는 만족스러웠다. 결과는 안 봐도 빤했지만 다른 출전자의 요리도 먹어둘까 싶어서 각각의 테이블을 돌아보기로 했다.

도가미의 요리가 놓인 테이블 앞에는 사람이 별로 없었다. 전시되어 있는 완성품 요리 옆에 작은 접시에 나뉘어 담긴 요리가 늘어서 있었다. 마리야의 앞쪽에서 작은 접시를 손에 든 노부인이 토란 조각에 이쑤시개를 꽂아 입에 넣고는 맛있다며 소리를 높였다. 신경 쓰여서 가까이 가보았다.

(뭐야 이거, 너무 수수하잖아.)

도가미가 만든 것은 심플한 일본 정식이었다. 육수를 넣은 일본식 달걀말이에 두툼한 유부 구이, 된장국, 토란 조림. 살짝 눌은 자국이 있는 유부에 잘게 썬 파와 곱게 간 무가 곁들여져 모양도 산뜻했다. 달걀말이는 색이 선명하고 얼룩 없이 깨끗하게 구워져 있었다.

(너저분한 아이디어 요리를 만든 다른 출전자보다 실력은 있는 것 같은데.)

전체적으로 수수했다. 유약을 바르지 않고 구운 투박한 그릇에 심플하게 가다랑어 가루만 뿌린 토란 조림이 잘리지도 않은 채 담겨 있었다.

(그렇지만 좋은 냄새가 나.)

달걀말이도 신경 쓰였지만 먼저 토란 접시를 들었다. 자신이라면 육각형으로 깎고 모양을 가지런히 다듬어 간이 균일하게 배이게 함과 동시에 능숙한 칼질 솜씨를 어필했을 부분이다. 하지만 도가미는 칼로 껍질을 깎지 않고 행주 같은 것으로 벗겨내 토란의 먹을 수 있는 부분을 최대한 남겨서 조리한 것 같았다.

그런 탓에 껍질이 조금 남아 토란에 얼룩이 생겨버렸다.

모양 심사에서는 마이너스겠다고 생각하며 이쑤시개로 찍어 입에 넣었다. 마리야는 입안 가득 퍼지는 맛과 향에 눈을 크게 떴다.

소박하지만 부족함은 전혀 없다. 희미한 흙 내음, 육수의 풍미, 무엇보다 순수한 토란의 맛을 진하고 강하게 느낄 수 있는 요리였다.

(껍질이 있던 바깥쪽과 안쪽의 맛이 달라.)

마리야도 껍질 바로 아래, 알맹이를 감싼 부분이 가장 맛이 진하다는 것은 알고 있었다. 하지만 이렇게 껍질 표면만 긁어낸 조림을 먹고 나서야 그것을 실감했다.

머리로는 알고 있지만 마리야라면 모양에 신경 쓰느라 절대 껍질을 남긴 채 조리하지 않았을 것이다. 도가미 세이이치는 마리야와는 전혀 다른 타입의 요리사였다. 스타일뿐만 아니라 발상부터 달랐다. 그리고 틀림없이 그는 재능 있는 요리사였다.

마침 각 요리에 대해 설명하고 있던 사회자가 도가미의 요리에 대해 이야기했다. 칼을 쓰지 않아 아이들도 안심하고 만들 수 있도록 궁리한 요리라며 아무것도 모르는 소리를 떠들어댔다.

바보 아냐. 이 요리의 가치를 모르는 건가.

(맛있다…….)

다른 출전자의 요리도 있었지만 마리야는 작은 접시를 든 채 도가미의 조림 앞에서 떠나지 못하고 있었다. 멍하게 서 있던 것이 실수였다. 시식 행렬에 서기 위해 뛰어오던 저학년 남자아이 둘이 뒤에서 장난치고 있는 것을 미처 알아채지 못한 것이다. 한쪽이 다른 한쪽을 밀어 떠밀린 아이의 등이 마리야에게 세게 부딪쳤다. 마리야는 큰 충격을 받아 앞으로 넘어질 뻔했다. 반사적으로 완성된 요리가 늘어서 있던 테이블에 손을 짚었다. 그런데 하필이면 손을 짚은 곳에 조림 그릇이 있었다.

(아……!)

토란 조림이 담긴 그릇이 기울었다. 접시를 들고 있지 않은 쪽 손을 서둘러 뻗어 완전히 엎어지기 전에 막아냈지만 조림 국물이 튀고 맨 위에 있던 작은 토란 하나가 테이블 위로 굴러떨어졌다.

(어떡하지.)

심사 대상인 도가미의 요리가.

"미안……."

"앗! 너 무슨 짓이야."

누군가의 말에 깜짝 놀랐다. 돌아봤지만 도가미는 아니

었다. 출전자는 아닌 것 같았지만 마리야가 모든 출전자의 얼굴을 기억하고 있는 것도 아니었다. 마리야보다 한두 살 나이가 많아 보이는 소년이 이쪽을 가리키고 있었다. 금방이라도 비난을 퍼부을 것 같았지만 그런 건 아무래도 좋았다. 소년의 뒤에서 도가미 세이이치가 이쪽으로 다가오는 것이 보였다.

도가미는 아무 말 없이 테이블로 다가가 굴러 떨어진 토란을 주워 빈 접시에 올려놓았다. 마리야는 사과해야겠다고 생각했지만 목소리가 나오지 않았다. 아무 말도 못 하고 있는 사이 시식시간이 끝나버렸다.

투표가 끝났으니 모두 자리로 돌아가라는 방송이 나오고 마리야는 출전자석으로 돌아갔다. 물론 도가미와 관객도 모두 제자리로 돌아갔다. 도가미와는 눈도 마주치지 못한 채였다.

곧이어 심사 결과가 발표되고 마리야가 일등에 뽑혔다. 도가미는 이등이었다.

(어째서?)

관객은 어쩔 수 없다. 화려한 요리에 눈이 가는 것은 당연하다. 게다가 양념이 진한 요리를 먹고 난 뒤라면 재료의 맛을 살린 요리가 심심하게 느껴졌을 것이다. 하지만 심사위원은 요리 연구가와 연예인, 입이 고급인 미식가 들이었다.

볼품없게 담긴 토란을 보고 시식용 테이블을 그냥 지나친 것도 아니고 분명 제대로 맛을 봤을 텐데. 세련되지는 않았지만 그 요리가 진짜라는 것을 알았을 텐데.

(정말 내 요리가 더 나았다고 생각하는 거야?)

이유를 알 수 없어 혼란스러웠다. 마치 자신이 부정이라도 저지른 것 같은 죄책감에 현기증이 났다. 자신의 요리에 대한 호의적인 평가를 절반 정도 흘려들었을 때쯤 시시하다는 듯한 얼굴로 서 있는 도가미가 눈에 들어왔다. 그 순간 머릿속이 차갑게 식었다. 그런 건가.

(그런 거였나?)

그런 거였어, 하고 이해했다. 진짜는 극히 적다. 그것을 알아보는 사람도.

"훌륭한 요리였습니다. 그럼 멋지게 일등에 뽑힌 마리야 슈 군에게 지금의 수상 소감을 들어볼까요."

빤히 들여다보이는 칭찬의 말, 박수, 카메라 셔터소리. 그 중심에 자신이 있다. 도가미는 이쪽을 보지 않았다. 관심도 없을 것이다. 무리도 아니다. 자신은 가짜다. 모조품

이라고 해야 할까. 하지만 그의 요리는 진짜였다. 카메라
와 마이크를 향해 미소 지었다. 완벽하게 웃을 수 있었다.
그렇게 해서 마리야는 아무도 모르는 사이 저주에 걸렸다.

마리야는 주방을 정리하고 옷을 갈아입었다. 아버지가
주차장에서 차를 가져오기를 기다리고 있는데 출전자인
듯한 몸집이 큰 소년이 다가와 빤히 보이게 엉뚱한 방향을
보면서 "야" 하고 말을 걸었다.

"유명인의 자식이라 좋겠어."

그쪽으로 눈을 돌리자 상대도 불쾌한 미소를 띠며 이쪽
을 보았다. 알기 쉬운 질투였다. 지긋지긋하다. 도가미 세
이이치라면 모를까, 얼굴도 요리도 인상에 남아 있지 않은
상대에게 그런 말을 들을 이유는 없었다.

(적어도 너보다는 실력도 센스도 뒤지지 않을걸. 아니, 어느
것 하나 뒤지지 않아.)

되받아치는 것은 쉬웠지만 수고를 들여서까지 대화를
하고 싶은 상대는 아니었다. 상대해봤자 헛수고겠다 싶어
시선을 앞으로 돌렸지만 상대는 포기하지 않았다.

"다른 출전자의 요리를 일부러 엎었다며?"

끈질기게 시비를 걸어왔다. 마리야가 가만히 있자 자기

멋대로 해석한 모양이다.

"라이벌을 밀어내려고 그런 거지? 네가 우승하고 싶으니까."

우쭐대는 말투로 신경을 건드렸다. 내버려두는 것이 가장 좋다는 것을 알고 있었지만 마리야도 아직 어린 학생이었다. 정신을 차려보니 "너 바보냐?"라는 말이 입 밖으로 나와버렸다.

"그런 같잖은 짓을 할 리 없잖아. 패배자는 닥치고 있지 그래. 진짜 꼴사납거든."

입구 쪽을 향해 있던 얼굴을 상대방 쪽으로 돌리고 한껏 깔보는 눈으로 바라보았다. 되받아칠 거라고는 생각하지 못했는지 상대는 멍하니 입을 벌린 채 굳어버렸다.

"이런 시시한 콘테스트에서 이기든 지든 아무래도 상관없지만, 그런 말을 하는 너야말로 더 시시해 보이거든? 내가 유명인 자식이라서 뭐? 안 그랬으면 네가 우승이라도 했을 거라고 말하고 싶은 거야?"

상대방이 입을 다물었을 때 그만두는 게 좋았을지도 모른다. 하지만 기분이 나빴다. 마리야는 자신이 무슨 말을 들었는지 아직 이해하지도 못하는 상대에게 연달아 퍼부어댔다.

"설마 자기 레벨도 모르는 거야? 시비 걸 여유가 있으면 실력이나 더 쌓는 게 어때?"

아마 그 소년은 마리야를 자기보다 나이도 어리고 몸집도 작은 나약한 도련님이라고 얕잡아 봤을 것이다. 어른들 앞에서 우등생처럼 행동했기 때문에 그래 보였겠지만 그건 상대방이 멋대로 착각한 것이다.

예상외의 반격에 소년은 아무 말도 하지 못했다. 순식간에 얼굴이 빨개졌다. 울까? 아니면 화를 낼까? 냉정해진 머리로 관찰했다. 이 정도로 울 거라면 애초에 시비를 걸지 말 것이지. 상대가 전의를 상실한 것 같아 시선을 정면으로 돌렸다. 자동문 유리에 어렴풋이 자신의 모습이 비치고 있었다. 그 뒤로 겹쳐서 비치는 두 소년의 모습을 발견하고 뒤를 돌아보았다.

어느새 와 있었던 걸까. 도가미와 또 한 명, 몇 살쯤 어려 보이는 소년이 몇 걸음 뒤에 서 있었다. 대화를 다 들었을 것이다. 스님처럼 짧게 머리를 깎은 소년은 마치 위험물을 보는 듯한 눈으로 마리야를 보고 있었다. 도가미는 여전히 무표정이었다.

"……뭐?"

"딱히."

민망함을 얼버무리듯이 퉁명스럽게 말을 걸자, 똑같이 퉁명스러운 목소리가 돌아왔다. 마리야에게 시비를 걸었던 소년은 글썽이는 눈물을 북북 닦고 자동문 밖으로 나가버렸다. 멋대로 생트집을 잡아놓고 민폐도 유분수지. '저쪽에서 먼저 시비를 걸어온 거야'라고 구태여 설명하는 것도 변명 같아서 가만히 있었지만 이래서는 자신이 나쁜 놈이 된 것 같았다.

도가미는 아무 말도 하지 않았다. 그 눈에도 딱히 비난하는 기색은 없었지만 괜히 찔려서 시선을 피했다.

"너."

거북한 분위기를 참지 못하고 입을 열었다. 그에게는 하고 싶은 말이 있었다.

"……너의 요리는 수수해. 화려함이 없어. 그러니까."

그러니까 모양에서 손해를 본 거야. 하지만 그 요리는 그걸로 충분했어. 그게 옳은 건데 심사위원이나 관객 중에서 그것을 알아보는 사람이 별로 없었지. 맛은 분명 가장 뛰어났어. 단순해 보여도 정성을 들여 세심하게 만든 요리였다고.

누구보다 자신이 가장 잘 알고 있다. 그의 요리가 자신의 요리에 진 것은 부당한 결과였다.

"그러니까 이등인 거야."

사실은 일등이었어야 하는데. 도가미의 얼굴을 보지 않은 채 말했다. 그가 뭐라고 대답했는지는 기억나지 않는다. 아무 말도 하지 않았는지 모른다. 그 직후 아버지 차가 건물 앞에 도착해 도망치듯이 방송국을 나온 것은 기억한다. 차에 타고 나서 자신의 말이 굉장히 오만하게 들렸을 수도 있다는 것을 깨달았지만 이미 늦어버렸다. 그는 뒷좌석에서 자신이 한 말을 되새기며 새파랗게 질려갔다.

너의 요리는 수수해? 화려함이 없어? 그러니까 이등인 거야?

(그거 완전히 욕이잖아.)

아니야, 그런 의미가 아니야. 그런 말을 하고 싶었던 게 아니야. 애써 만든 조림을 망쳐버렸는데 사과도 하지 못했다는 것을 떠올렸다. 십오 년이나 지난 후에 다시 만날 거라고는 생각하지 못했기 때문에 돌이킬 수 없는 짓을 해버렸다고 후회하는 수밖에 없었다.

첫 만남이 잘못되었다. 첫 한마디를 잘못했다. 그 때문에 친해지지 못했다. 십오 년이나 지나 다시 만났는데 자신은 또다시 실패를 했고, 그 실패를 덮기 위해 또 다른 실패를 반복해버렸다. 가능하면 시간을 되돌려 처음부터 다시 시작하고 싶었다. 콘테스트에서의 일도 파티에서의 대화도 없었던 일로 하고, 처음 만난 순간부터 다시.

(잊고 싶다.)

그러면 이번에는 분명 잘할 수 있을 텐데. 너의 요리를 굉장히 좋아한다고, 너와 요리에 관한 이야기를 나누고 싶다고 말할 수 있을 텐데.

(이젠 불가능하지만.)

마리야는 도가미와 친구가 되고 싶었다.

*

"어라, 마리야 씨 다크서클이 심한데요."

"오늘은 사진 촬영이 없어서 괜찮지만"이라며 매니저인 아사이가 걱정스러운 듯이 말했다. "수면 부족이야"라고 대꾸하고 눈 밑을 문질렀다. 요전에 들었던 기억술사 이야기가 떠올라 밤새 게시판의 글을 일일이 확인하고 사이트에 나온 정보를 반복해서 읽은 탓이다. 일하는 중간에 기분 전환 삼아 찾기 시작했는데 정신을 차려보니 날이 밝고 있었다.

(인터넷을 하다가 날을 새다니……)

다른 사람의 이야기였다면 완전히 깔보았을 상황이었다. 실제로 존재하면 좋겠다고 생각하지만 진심으로 믿을 만큼 순진하지는 않다. 존재할 리 없는 대상에 대해 아무리 정보를 모아봤자 의미 없는 일이다. 알고 있는데도.

(쓸데없는 짓을 했어······.)

자기답지 않은 행동에 웃음이 나왔지만 웃고 난 뒤에는 자기혐오가 파도처럼 밀려왔다. 이제 쓸데없는 짓은 그만두자고 반성하며 미팅 시간에 늦은 에디터와 마주했다.

편집부는 여전히 바쁜 것 같았다.

미팅 도중 여성 에디터는 누군가의 전화 호출에 자리를 비웠다. 미안해하는 그녀에게 "신경 쓰지 마세요"라고 웃으며 배웅했다. 얼굴을 맞대고 있다고 레시피가 완성되는 것도 아니다. 계속 눈앞에 있는 것보다 차라리 자유롭게 생각할 수 있는 시간이 생겨서 다행이다.

매월 있는 패션지 미팅, 다음 호의 테마는 '라이벌과의 격차를 벌리자!'인 듯하다. 에디터가 같은 호에 실릴 예정인 다른 기사들을 참고하라며 주고 갔다. '포트럭 파티에서 돋보이려면?', '인상에 남는 도시락은?' 그렇구나, 하고 막연히 생각하면서 훌훌 넘겼다. '파티에서 주목받는 코디', '최강의 향수로 그의 마음을 사로잡는 법!' 매월 잘도 다른 특집을 만들어낸다고 감탄했다. 그것도 비슷한 내용들로만, 질리지도 않고.

에디터가 돌아와 마리야가 손에 들고 있는 기사를 보고 "참고가 될 만한 게 좀 있나요?"라고 물으며 의자를 당겼다.

"마리야 씨는 라이벌 없어요?"

"딱히 떠오르는 사람이 없네요. 존경하는 요리사는 많지만요."

순간 머릿속에 떠오른 얼굴에 혼자 자조적으로 웃었다. 그쪽은 라이벌이라고 생각하지도 않을 것이다.

"음, 라이벌과의 격차를 벌리는 요리라…… 어떤 상황인지 미리 정하는 편이 이미지가 떠오르기 쉬울 것 같은데. 이를테면 도시락이라든지, 파티에 가져갈 요리라든지, 선물용 과자라든지……."

마리야가 마음을 가다듬고 말을 이어나가는데 에디터의 스마트폰이 또 울렸다. 엄청 미안해하는 모습으로 일어나는 에디터에게 웃으며 손을 흔들었다.

"생각하면서 기다릴게요. 일단 파티 메뉴 선에서."

에디터가 회의실을 나가자 마리야는 매니저인 아사이에게 "잠깐 걷다 올게"라고 말하고는 자리에서 일어났다. 언제든 미팅을 재개할 수 있도록 이 층에서 벗어나지는 않을 생각이었다.

모델이나 헤어메이크업 담당자도 출입하는 층이니까 잡지 독자층과 비슷한 나이대의 여자들에게 의견을 듣는 것도 좋을지 모른다. 돌아다니다 보면 아는 사람도 만날 수 있을 것이다.

"저기, 리나 너 병원에 가보는 게 좋지 않겠어? 건망증 수준이 아닌데, 이건."

말소리가 들려서 발을 멈췄다. 엘리베이터 옆 자판기 앞에서 여자 둘이 서서 이야기하고 있었다. 까만 머리에 쇼트커트를 한 여자가 갈색의 긴 웨이브 머리를 한 여자에게 걱정스러운 듯 말하고 있었다.

"그 두 사람에 대한 기억만 모조리 사라졌다니, 완전 이상하다니까. 검사 받아봐."

"음…… 그래도 병원은 왠지 무서워. 아마 괜찮을 거야."

"걱정이 지나쳐"라고 말하며 웃는 풍성한 웨이브 머리의 여자와는 안면이 있었다. 기억술사 이야기를 했던 모델 리나였다.

(기억이 사라졌다?)

으스스 소름이 돋았다.

"죄송해요, 마리야 씨. 오래 기다리셨죠."

리나에게 말을 걸려고 하는데 마침 엘리베이터 문이 열리고 미팅 중에 자리를 떴던 에디터가 내렸다. 리나와 친구는 에디터와 엇갈려 엘리베이터에 올라탔다. 죄송하다며 거듭 사과하는 에디터의 어깨 너머로 그 뒷모습을 지켜봤다. 엘리베이터 문이 닫히기 직전 마리야를 알아챈 듯 그녀들이 가볍게 인사했다.

"이제 괜찮아요. 급한 용무는 끝났으니까……. 수선 피워서 죄송합니다."

"아뇨, 괜찮습니다."

회의실로 돌아가기 위해 나란히 걷기 시작했다. 목소리에서 흥분이 드러나지 않게 신경 썼다. 리나에게 이야기를 듣지 못했지만 차라리 잘됐다. 저도 모르게 말을 걸 뻔했는데 만약 거기에서 '그거 기억술사의 소행 아니야?'라고 말을 꺼냈으면 완전히 수상한 사람이 됐을 것이다. 마리야슈의 이미지가 무너졌을지도 모른다. 그녀에게 이야기를 들으려면 좀 더 준비가 필요하다.

무엇보다 기억이 사라진 리나에게 기억술사에 대해 물어도 분명 기억나지 않는다는 말만 돌아올 것이다. 인터넷에서 모은 정보에 따르면 기억술사를 만난 사람은 자신이 기억술사를 찾고 있었다는 사실조차 잊어버리는 것이 패턴인 것 같았다. 그러니까 리나에게 기억술사를 소개받는 것은 물론 기억술사에 관한 정보를 얻는 것조차 기대할 수 없다.

그래도 기분이 고조되었다. 지금 중요한 것은 기억술사가 실제로 존재할지도 모른다는 사실뿐이었다. 십오 년 전의 콘테스트도 작년 파티도 떠올리고 싶지 않은 기억이다. 가능하면 잊고 싶다. 하지만 자신만 잊는 것은 아무 의미가 없다.

(자신의 기억을 지운다니. 그 애는 그런 무서운 일을 잘도 하는군.)

상상하는 것만으로도 오싹해졌다. 싫은 기억을 지우면 편해지는 대신 무방비해진다. 싫은 기억을 만든 원인에 대응도 대항도 할 수 없게 되기 때문이다. 기억은 정보다. 정보가 많은 편이 살아가는 데 압도적으로 유리하다. 기억이 없다는 것만으로도 약해지는 것이다.

(그럼에도 잊고 싶다, 그렇게 바랄 만큼 절실한 의뢰였기 때문에 기억술사가 들어준 건지도 모르지만.)

자신이라면 도저히 견딜 수 없을 것 같았다. 기억을 잃은 채로 자신을 싫어하는 상대와 얼굴을 마주한다고 생각해보자. 상대방은 확실하게 기억하고 있는데 자신은 왜 미움을 받는지도 모르고 있는 것이다. 상상만 해도 몸이 떨렸다.

정식으로 계정을 등록하고 게시판에 기억술사 앞으로 메시지를 남겼다. 지우고 싶은 것은 자신의 기억이 아니라 도가미의 기억이었다. 최면술인지 뭔지는 모르겠지만 실제로 리나의 기억이 사라진 것을 보면 어쨌든 기억술사는 모종의 방법을 써서 사람의 기억을 지울 수 있는 것이다.

도가미 세이이치의 기억을 지우면 십오 년 전의 나쁜 이미지도, 파티에서의 추태도 전부 없었던 일로 만들 수 있다. 백지 상태에서 시작할 수 있다면 위축되지 않고 열등감도 없이 마주할 수 있을 것이다. 십오 년 전에는 실패했지만 지금이라면 분명 할 수 있다.

인터넷 게시판에 계속 글을 올리고 역 게시판에도 메일 주소를 첨부해 메시지를 남겼다. 녹색 벤치에서 기다리면 나타난다는 정보도 있었기 때문에 녹색 벤치가 눈에 띌 때마다 앉아보았지만 무의미하다는 것을 깨닫고 그만두었다. 기억술사가 전국의 녹색 벤치를 다 확인할 수 있을 리도 없다. 인터넷으로 접촉하는 것이 가장 현실적이다.

마리야는 한동안 자나 깨나 기억술사에 관한 것만 생각

했다. 시간이 지나고 머리가 조금씩 냉정해져갈 때쯤 한 통의 메일이 도착했다.

쓰다 버릴 생각으로 만든 계정 앞으로 온 시답잖은 광고와 스팸 메일 사이에 섞여 있었다, '기억술사입니다'라는 제목으로. 처음에는 장난이라고 생각했다. 그래서 백신 소프트웨어가 최신 버전으로 업데이트되어 있는 것을 확인한 다음 조심스레 열어보고 진짜라는 것을 직감했다.

(드디어.)

몸이 떨려왔다. 메일을 구석구석 핥듯이 몇 번이나 읽었다. 정말로 지우고 싶은 기억이 있다면 이 메일을 삭제하고 언제 어디로 혼자서 오라며 시간과 장소가 지정되어 있었다. 기억술사와 만나는 것을 누구에게도 말하지 말 것. 메일 등의 흔적은 모두 지울 것. '삭제했는지 아닌지 알 수 있습니다'라고도 적혀 있었다.

반드시 간다고 답장을 보냈다. 그에 대한 답신은 없었다. 전부 기억술사가 시킨 대로 한 다음 지정된 일시에 지정된 장소에 나간 것은 기억하고 있다. 약속 장소에 기억술사가 나타난 것도. 하지만 확실하게 기억하는 것은 거기까지였다.

*

　마리야는 기억술사와 만난 것도 자신이 무엇을 부탁했는지도 기억하고 있었다. 인터넷에는 기억술사와 만난 사람은 기억술사에 관한 모든 기억이 지워진다고 나와 있었지만 반드시 그런 것은 아닌 것 같았다.

　기억술사와 만난 것은 단 한 번으로, 받은 메일도 한 통뿐이었다. 기억술사가 보낸 메일은 지시대로 만나러 가기 전에 삭제해버렸다. 어차피 남겨둬봤자 버릴 계정이었을 것이다.

　그래도 아쉬워서 게시판에 계속 글을 올렸다. 한 번만 더 만나고 싶다, 이야기를 들어주길 바란다. 다른 사용들의 눈을 의식해 '한 번만 더'라는 말은 쓰지 않았지만 닉네임도 메일 주소도 이전에 글을 올렸을 때와 똑같았다. 기억술사는 그것이 마리야의 글이라는 것을 알아챘을 것이다.

　하지만 답장은 없었다.

　이제 포기하려던 찰나 '기억술사에 관해 할 말이 있습니다'라고 모르는 주소로 메일이 도착했다. 기억술사를 만난 지 사 개월쯤 지났을 무렵이었다.

　"기억술사에 대해 조사하고 있습니다. 얘기를 좀 들려주시겠어요?"

약속 장소에 나타난 것은 이노세라고 이름을 밝힌 신문 기자였다. 여고생을 동반하고 있었다. 장난치는 것 같지는 않지만 그는 기억술사가 아니었다. 실망했다기보다 역시나, 하는 생각이 강했다. 기억술사는 두 번 다시 내 앞에 나타나지 않을 것이다. 거처를 알아내 다시 한 번 만난다고 해도 의뢰를 들어줄 것 같지 않았다. 게시판에 계속 글을 올리는 자신의 행동이 사실은 헛된 일이라는 것은 그도 알고 있었다.

"그냥 단순한 호기심이야. 특별히 부탁할 게 있었던 건 아니고. 나 도시전설이나 그런 거 꽤 좋아하거든."

'뭐야, 당신들은 진짜로 믿는 거야?'라는 식으로 눈썹을 들어 올리고 웃으며 말했다. 사실을 가르쳐줄 이유는 없었다. 그들에게 뭔가 정보를 얻을 수 있을 것 같지도 않았다. 눈앞에 있는 여고생도 기억이 지워졌다고 하고, 이노세라는 기자의 지인도 그랬다고 하니 기억술사의 존재가 자신의 꿈이나 망상이 아니라는 것은 확인되었지만 그뿐이다. 실제로 존재한다는 것은 알고 있다. 하지만 자신의 의뢰를 들어주지 않는다면 기억술사가 존재한들 아무런 의미가 없다.

"혹시 당신이 기억술사에게 부탁해서 지우려고 하는 게 자신이 아니라 다른 누군가의 기억인가요?"

귀찮게 됐다고 혀를 차고 싶은 것을 꾹 참고 눈을 피했다.

(벌써 부탁했어. 거절당했지만.)

마리야는 기억술사를 만났다. 하지만 기억술사는 도가미의 기억을 지워주지 않았다.

"기억을 지운다는 건 당신이 생각하는 것보다 훨씬 되돌릴 수 없는 엄청난 일이에요. 그 기억이 당신 것이든 남의 것이든. 그 사람을 구성하는 일부분을 지움으로써 그 사람은 영원히 바뀌어버릴지도 모른다고요."

그런 건 말하지 않아도 알고 있다. 기억술사 따위에게 기대지 않아도 자신이 용기만 내면 끝날 일이었다. 기억술사가 아니면 해결할 수 없는 고민도 아니다. 기억술사가 마리야의 의뢰를 거절한 것도 그렇게 판단했기 때문일지 모른다.

자신의 기억이면 모를까, 타인의 기억을 그것도 자신의 실수를 덮기 위해 지워달라니, 뻔뻔하기 그지없는 부탁이었다. 결국 자신의 자존심을 지키고 싶은 것뿐이다. 그래도 만약 기억술사가 마음을 바꿔 의뢰를 들어준다고 하면 이번에도 망설이지 않고 부탁할 것이다.

"그저 호기심이었다니까. 나도 어른인데 기억을 지우는 괴인을 진심으로 믿을 리 없잖아."

툭 내뱉고 일어섰다. 이런 내가 싫어졌다.

"용건도 없으면서 장난 삼아 기억술사를 불러내면 벌로 자신의 기억이 지워진다고 어디 게시판에 쓰여 있었어요."

경고인지 우려인지 모를 말이 등 뒤에서 들려왔다.

아아, 그럼 적어도 내 부탁이 진심이긴 했다고 기억술사가 인정했다는 건가. 내 기억은 지워지지 않았으니까.

그렇게 생각해봤지만 아무런 위로도 되지 않았다. 자조적으로 웃으며 "조심할게"라고 답했다.

기억술사의 얼굴도 이름도 생각나지 않지만 거절당한 것은 기억하고 있다. 깨끗이 포기하지 못하고 게시판에 계속 글을 올리고 있지만 기억술사에게 답장이 오는 일은 없었다. 이제 무리라는 것은 알고 있다.

정말로 지우고 싶은 기억만 지워준다. 지워주길 바라는 기억도 없는데 불러냈다가는 그 벌로 상관없는 기억까지 지워져버린다. 몇 번이나 되풀이해서 읽은 도시전설 사이트의 설명문에는 그렇게 나와 있었다. 정말로 지우고 싶은 기억은 아니었다는 건가. 지워주길 바라는 마음만은 거짓이 아니라고 인정받아 벌은 면한 것 같지만.

(그 여고생의 기억은 부탁도 안 했는데 지워놓고.)

이노세와 동행한 여고생은 기억술사에게 기억이 지워졌지만 본인이 의뢰한 것은 아니라고 했다. 의뢰인이 아닌 다른 사람의 기억을 지우는 경우도 있다는 말이다. 그렇다는 건 자신의 의뢰가 타인의 기억이라 거절당한 것이 아니라는 뜻이다. 단지 기억술사의 마음에 드는 내용이 아니었던 것이다.

마리야는 가게 주방만큼 넓지도 않고 설비도 부족하지만 나름대로 돈을 들여 특별 주문한 자택 주방에서 혼자 냄비 속 건더기를 건져내고 있었다.

생선뼈로 우려낸 국물 맛을 보고 '이게 아닌데' 하고 고개를 갸우뚱했다. 마음의 혼란이 맛으로 드러난 듯한 느낌이 들었다. 멍하니 있었더니 어느새 국물이 보글보글 소리를 내기 시작해 서둘러 불을 껐다. 하마터면 끓어 넘칠 뻔했다.

어릴 때부터 비뚤어진 면은 있었다. 혜택받은 환경에서 자라 무슨 일이든 비교적 요령 있게 해낼 수 있었다. 하지만 그만큼이랄까, 그랬기 때문이랄까, 성격은 좋지 않았다.

그래도 요리에 관해서만은 진심을 다했다. 진심으로 최선을 다한 결과물로 칭찬을 받는 것은 정말 기뻤다. 맛있다고 말하며 먹어주는 사람의 얼굴을 보는 것이 좋았다.

장점이 요리만 있는 건 아니지만 요리는 가장 잘하는 것이었고 늘 자신의 중심에 있었다. 콘테스트에서 상을 받고, 이십 대 초반에 가게를 내고, 텔레비전이나 잡지 취재까지 받게 되어 자신의 요리에도 어느 정도 자신감이 있었다.

마리야는 현재 상태에 만족하고 있다. 그런데도 가끔 속수무책으로 불안해지는 경우가 있었다. 십오 년 전 콘테스트에서 일등에 뽑힌 다음부터였다. 누구에게 어떤 칭찬을 받아도 마음속 어딘가에서는 정말인지 의심하게 된다. 다른 사람의 평가뿐만 아니라 자신의 혀와 기분조차도 믿을수 없게 될 때가 있었다. 그렇게 옛날 일을 아직까지 질질끌고 있다니, 스스로도 어리석다고 생각한다.

자신은 원래 제멋대로에 이기적인 인간이다. 자각도 하고 있다. 잡지나 텔레비전에 나오게 되면서 가식적인 미소를 짓고 마음에 없는 말을 하는 것도 점점 능숙해졌다. 이제 와서 변해야겠다는 생각은 들지 않는다. 그 모습도 자신의 일부분이다.

하지만 요리를 할 때만은 성실히 임하자고 결심했다. 자신의 핵심이 되는 단 하나, 요리만은 평온한 마음으로 마주하고 싶은데 왜 그럴 수 없는지 줄곧 생각했다.

그 원인이 십오 년 전 자신에게 새겨진 저주 때문이었다는 것을 도가미 얼굴을 보기 전까지는 잊고 있었던 것이다. 처음 그의 요리를 먹었을 때의 감동과 그 직후에 일어난 일까지도.

누가 들으면 그까짓 일이라고 여길 이야기다. 누군가 저주를 내린 것도 아니고 자기 혼자 멋대로 저주에 걸렸을 뿐이다. 그래서 누구도 어떻게 해줄 수 없다.

(하지만, 만약에 이 저주가 풀린다면.)

도가미의 얼굴이 떠올랐다. 그의 요리는 진짜다. 그는 진짜 요리사다. 도가미랑 똑같은 요리는 만들고 싶지도 않고 만들 생각도 없다. 자신과 도가미는 다르다. 하지만 어떤 의미에서 도가미는 마리야의 이상이었다.

도가미의 요리를 먹고 싶었다. 도가미도 자신의 요리를 먹어줬으면 좋겠다. 그리고 자신이 그의 요리에 감동했듯이, 그도 그가 만든 것과는 전혀 다르지만 자신의 요리를 인정해주길 바랐다.

자신을 인정해주길 바랐다. 만약 진짜 요리사인 그에게 인정받게 되면 스스로를 진심으로 인정할 수 있을 것 같은 기분이 들었다. 그와는 다르지만 자신도 진짜라고.

하지만 이대로라면 그런 바람은 영원히 이루어질 수 없다.

신작 메뉴의 실험작을 만들고 있었는데 정신을 차려보니 주방이 엉망진창이었다. 오늘은 더 이상 머리 쓰는 일은 못 할 것 같았다. 지저분해진 냄비와 식기를 식기세척기에 처박고 요리에 사용한 와인을 단숨에 들이켜고 거실로 이동했다.

거실 유리 테이블에는 컴퓨터와 레시피 노트가 펼쳐진 채 놓여 있었다. 이것도 모두 중지. 내일 하자. 식기세척기가 멈추면 샤워하고 자자. 좋아하는 브랜드 소파에 엎드려 누워 숨을 내뱉었다. 잠깐만, 식기세척기가 돌아가는 동안만. 그렇게 다짐하면서 눈을 감았다.

호텔 로비에서 이노세라는 기자와 만난 지도 며칠이 지났다. 이제 슬슬 단념해야 한다고 생각했지만 마지막으로 한 번만 더, 기억술사 앞으로 만나고 싶다는 글을 올렸다. 이걸로 끝낼 생각이었다.

기억술사는 분명히 존재하며 사람의 기억을 지울 수 있다. 하지만 자신은 두 번 다시 기억술사와 만날 수 없을 것이다. 도가미의 기억을 지우는 것은 불가능하다. 최악의

첫인상도 최악에 최악을 덧칠한 파티에서의 추태도 도가미의 기억 속에서 사라지는 일은 없을 것이다.

다시 한 번 도가미의 요리를 먹고 싶다면 스스로 어떻게든 하는 수밖에 없었다. 잔꾀 부리지 않고 그저 손님으로 그의 가게를 찾아가면 된다. 도가미가 아무리 자신을 싫어해도 가게에 온 손님을 쫓아내지는 않을 것이다.

도가미가 싫은 얼굴을 해도, 뻔뻔하다고 생각해도, 용서받지 못할 것을 각오하고 지금까지 저지른 무례를 사과하자. 그런 다음 너의 요리가 좋다고 말한다면?

(그럴 수 있을 리 없잖아.)

어차피 입을 열면 쓸데없는 말을 해버릴 것이 분명하다. 아니, 그 전에 자신은 도가미를 동경하지만 도가미는 자신을 싫어하는, 명백하게 불리한 상황에서 머리 숙여 진심을 털어놓을 수 있을까. 자신이 그런 상황을 견딜 수 있을 리 없다. 아니, 하기 싫다. 울지도 모른다. 꼴사납다.

(초등학생들 연애도 아니고.)

'약한 멘탈을 치료해주는 카운슬링이라도 받아볼까'라는 생각까지 들었다. 하지만 카운슬러에게 이야기하는 것도 싫었다. 텔레비전 같은 데 나가지 않는 편이 더 나았을 거라는 생각도 들었다. 마리야 슈가 이런 일로 고민하고 있다는 게 알려지면 끝장이다.

소파에 엎드려 누운 채 실눈을 뜨고 도시전설 사이트 게시판에 자신이 올린 글을 다시 읽었다. 그런 다음 손을 뻗어 화면을 닫고 벌렁 누워 눈을 감았다.

꿈속에서 마리야는 초등학생으로 돌아가 있었다. 도가미에게 '그릇을 엎어서 미안해'라고 솔직하게 사과하고 '네 요리가 가장 맛있었어, 너는 훌륭한 요리사야'라는 말을 열심히 되풀이했다.

초등학생인 도가미는 웃고 있었다. '고마워'라고 말하며 겸연쩍은 듯이. 십오 년 전은커녕 더 옛날에도 마리야가 이런 식으로 솔직했던 적은 없었을 것이다. 그러나 꿈속의 어린 마리야는 볼에 홍조를 띠며 말을 이었다. '저기, 나는 너와 친구가 되고 싶어.'

(아아, 이건 꿈이다.)

'너무 계집애 같잖아'라고 생각했을 때 잠에서 깼다.

"마리야 씨! 마리야 씨! 정신 차리세요."

안개 속에서 떠오르듯이 의식이 서서히 부상했다. 아사

이의 목소리가 꽤 가까이에서 들렸다. 희미하게 눈을 뜨자 걱정스러운 듯이 자신을 들여다보는 아사이가 보였다.

"아아, 다행이다. 괜찮으세요? 깜짝 놀랐어요……. 과로예요, 분명. 또 밤늦게까지 일하셨죠?"

한참 전부터 불렀던 모양이지만 알아채지 못했다. 그렇게 깊게 잠들었던 걸까. 피곤했는지도 모른다.

"……."

'취해서 잠든 것뿐이야'라고 대답하려다가 목이 쉰 것을 깨닫고 그만뒀다. 이상한 잠꼬대를 해서인지 몸도 찌뿌둥했다.

꿈의 여운에 잠겨 멍하니 있었더니 소파 옆에 무릎을 꿇은 아사이가 심각한 얼굴로 말했다.

"마리야 씨? 괜찮으세요? 제가 누군지 아시겠어요?"

"……아사이잖아."

"알고 있는 게 당연하잖아" 하며 쓴웃음을 지었다. 그렇게 넋이 나가 보였던 걸까. 바로 반응하지 않아서 걱정했나 보다. '바로 어제도 만난 매니저를 잊을 리 없잖아. 별이상한 소리를 다 하네'라고 생각하다가 문득 깨달았다.

(그럴 수도 있지 않을까.)

실제로 어느 날 갑자기 기억을 잃는 사례들이 있다. 병이나 사고로 뇌에 장애를 입은 경우는 물론 충격적인 사건을 겪은 탓에 스스로 기억을 가둬버린 사례도 있다. 그뿐만 아니라 원인 자체가 불명인 기억상실의 사례도 수없이 많다. 국내에 국한되지 않고 전 세계적으로.

도시전설 사이트에서는 그중 몇 건은 기억술사의 소행이라는 가설이 세워지고 있지만, 어쨌든 MRI나 뇌파 검사에서는 아무 이상이 발견되지 않는 심인성 기억상실이라는 것도 분명히 존재한다.

기억장애나 해리성 건망증, 심한 스트레스로부터 마음을 지키기 위한 방어 반응, 그런 병에 걸린 사람이 기억술사에 의해 기억이 지워진 사람보다 훨씬 많을 것이다. 일반적으로 이해받기도 쉽고.

(만약 기억술사가 내 기억을 지웠다면 어떻게 됐을까?)

자신은 아무것도 모른 채 분명 어딘가에서 도가미의 요리를 맛보고 감동했을 것이다. 그때 도가미가 가까이에 있다면 맛있다고 감상을 말할 수도 있었을 것이다. 아무런 응어리도 없었다면 작년 여름, 여주 튀김을 먹었을 때 그렇게 했을 것이다.

십오 년 전의 실패를 기억하고 있지 않았다면 그렇게 할 수 있었을 것이었다.

아사이가 커튼을 젖히자 아침 햇살이 방 안에 쏟아져 들어왔다.

"그러고 보니 T 호텔 파티 초대장이 왔어요. 올해도 하는군요. 작년에도 성황이었죠."

아사이가 우편함에서 꺼내 온 우편물이 유리 테이블에 놓여 있었다.

"……무슨? 그런 파티가 있었어?"

"작년에도 참석하셨잖아요. 매년 T 호텔에서 열리는 파티 말이에요. 미뤄뒀던 작년 사진도 요전에 웹 앨범에 정리했는데."

"보세요"라며 아사이는 스마트폰을 조작해서 보여줬다. 마리야가 도가미에게 화이트와인을 쏟은 날의 사진이었다.

아아, 파티에서 그런 추태를 보인 지도 벌써 일 년이나 지났다. 아직도 어제 일 같은데.

"내가 이런 파티에 갔던가."

"정말, 정신 좀 차리세요. 일을 너무 많이 했어요."

몸을 일으켜 소파에 기대어 앉았다. 스마트폰을 받아 들고 액정을 응시했다. 사진 중에는 도가미의 모습이 찍힌 것도 있었다. 위 언저리가 꽉 조였다. 없었던 일로 만들고 다시 시작하고 싶었다.

자존심 때문에 이제 와서 '그때는 미안했어'라고 말할 수 없지만, 말한다고 해도 이미 때가 늦었지만, 도가미의 반응을 눈앞에서 목격하는 것이 두려워 시도조차 할 수 없지만.

아무것도 몰랐던 때의 나로 돌아가 다시 한 번 처음부터 시작하고 싶다.

"……기억나지 않아."

난 모르는 거야. 잊어버린 거야.

정신을 차리고 보니 입 밖으로 말이 나오고 있었다.

"이 사람, 누구야?"

'처음 뵙겠습니다'부터 다시 시작하는 거야.

"……마리야 씨?"

아사이가 망연한 표정으로 마리야를 바라보았다.

*

불과 일주일 만에 소문은 생각보다 널리 퍼졌다. 괜찮으냐고 묻는 안부 전화가 계속 걸려왔지만 상실된 기억은 극히 일부일 뿐이라 업무에 지장은 없다고 설명했다. 응대하는 마리야가 평소와 다름없었기 때문에 걱정되어 문병 온 사람들도 안심하는 눈치였다.

개중에는 "주목받으려고 일부러 그러는 건 아니지?"라고 반쯤 농담으로 묻는 방송작가도 있었지만 대부분의 사람들이 꾀병을 의심조차 하지 않는 모습이라 미안한 마음도 없지 않았다. "소란 피울 정도는 아니에요, 딱히 곤란한 일도 없어요"라고 강조했더니 "걱정을 끼치지 않으려고 아무렇지 않은 척하시는 거군요"라는 말을 들어버렸다.

솔직히 자신에게 이 정도까지 인지도가 있을 줄은 몰랐기 때문에 의외였다. 잡지 기사로까지 나온 것은 예상 밖이었지만 그 정도가 딱 좋았다. 도가미 본인은 읽지 않겠지만 잡지를 읽은 누군가가 그에게 말할지도 모른다. 그러니까 가능한 한 널리 알려지는 편이 좋다. 얼굴을 마주쳤을 때 도가미가 마리야의 '기억상실'을 모르더라도 사정을 아는 누군가가 같이 있으면 그 자리에서 설명해줄 것이다.

당장에라도 '이치리'에 가고 싶었지만 일단 소문이 충분히 퍼지기를 기다렸다. 미식가 지인들에게 "K 거리 부근의 맛집을 개척하고 싶은데 괜찮은 일식집 없을까요?"라고 유도하길 수차례. 마침내 부친의 지인으로 마리야도 일전에 같이 일한 적 있는 요리 평론가로부터 이치리의 이름을 끌어내는 데 성공했다. "꼭 한 번 가보고 싶습니다"라고 부탁했더니 선뜻 오늘 밤에 데려가준다고 했다.

　아무도 모르게 '좋았어!' 하고 주먹을 쥐었다. 그 사람이라면 마리야의 기억이 사라진 것도 알고 있으니까 도가미와의 '첫 만남' 때 동석자로 안성맞춤이었다.

　텔레비전 녹화를 마치고 들뜬 마음으로 스튜디오를 나서자 일 층 로비에 이노세와 그 여고생이 와 있었다. 올 것이라고는 생각했다. 마리야 슈의 기억이 사라졌다는 정보가 널리 퍼지길 바랐다. 하지만 자세한 이야기를 물으면 허점이 드러날지도 모르기 때문에 적당히 대응하고 나머지는 아사이에게 맡겼다.

　곧장 가게로 가서 주방에 섰다. 드디어 오늘 도가미의 요리를 먹을 수 있다고 생각하니 기분이 고조되었다. 요리사의 심경이 요리에도 드러난 것인지 '행복한 기분이 드는 요리'라며 손님의 반응도 더할 나위 없이 좋았다.

　즐거운 기분으로 일을 끝내고 평론가에게 이끌려 찾아온 '이치리' 앞에서 이노세와 여고생을 또다시 맞닥뜨렸다. 가게에서 나오는 그들을 보고 정말 깜짝 놀랐다. 하루에 두 번이나 얼굴을 마주치게 될 거라고는 생각지도 못했다. 순간 '왜 여기에?'라는 의문이 들었지만 생각할 것도 없다. 우연일 리 없다. 그들은 기억술사에 대해 조사하고 있는 것이다.

아사이에게 마리야가 작년에 열린 파티나 도가미에 대한 것을 잊어버렸다는 말을 듣고 도가미에게 이야기를 들으러 온 것이다. 그렇다면 도가미에게 마리야가 그를 잊었다는 정보는 전해졌을 테니까 차라리 잘된 일이었다.

가볍게 고개만 끄덕이고 그들과 엇갈려 처음으로 '이치리'에 발을 들여놓았다. 같이 온 평론가는 몇 번 온 적이 있는 것 같았다. 그 겐지라는 청년에게 이름을 대기도 전에 예약석으로 안내를 받았다.

"오늘은 손님을 데려왔어."

카운터 앞을 지날 때 그는 그렇게 말하며 도가미에게 마리야를 가리켰다. 카운터 좌석에 앉아 있던 손님이 "이거, 마리야 군 아닌가"라며 말을 걸어왔다. 그러고 보니 몇 번인가 같이 일한 적 있는 방송작가였다.

"안녕하세요."

"우연이구먼. 호랑이도 제 말 하면 온다더니."

"앗, 제 이야기를요? 왠지 불안한데요. 무슨 이야기를 하셨어요?"

기분 좋게 마시고 있었는지 얼굴이 붉어진 그에게 웃으

며 말했다. 말이 많은 남자니까 마리야가 기억을 잃었다는 이야기가 분명 화제에 올랐을 것이다. 잘됐다.

마리야는 취해서 기분이 좋아진 그와 한두 마디 대화를 하고 나서 타이밍을 노려 눈을 들어 카운터 안을 보았다. 어디까지나 자연스럽게. 표정이나 목소리를 만드는 데는 도가 텄다. 나는 그를 모른다. 모르는 가게에 처음 요리를 먹으러 온 손님이다.

"처음 뵙겠습니다. 마리야 슈입니다."

도가미는 말없이 머리를 숙였다.

*

두 번째는 혼자서 카운터 좌석을 예약했다.

"처음 만난 게 아니었다던데. 나중에 들었어. 미안, 사실 내가 기억이 좀 혼란스럽다고 해야 할지…… 일부 사라졌다는 것 같아."

그렇게 말하며 예전의 자신이 아니라는 것을 상대의 머리에 심어 넣었다. 고상한 손님인 양 식사와 대화를 즐기고 오래 머물지 않고 돌아갔다.

도가미는 예전과 다른 마리야에게 아주 살짝 당황하는

모습이었지만 불쾌해하는 것 같지는 않았다. 거기에 용기를 얻어 그다음부터는 일주일에 한 번, 때로는 두 번꼴로 다니게 되었다. 항상 예약을 하지는 않았다. 지나가다 불쑥 들른 것처럼 가장하는 경우도 있었다. 대개는 개점 직후나 폐점 직전의 손님이 별로 없는 시간대를 노려서 갔다.

처음에는 완전히 처음 온 손님처럼 정중하게 행동했다. 두 번, 세 번 방문한 다음부터는 친근한 듯이, 하지만 결례를 하는 일이 없도록 주의하며 조금씩 거리를 좁혔다. 여자를 유혹할 때도 이렇게까지 신경을 써본 적은 없었다. 그렇게 한 달쯤 되어서야 꽤 편하게 이야기를 나눌 수 있게 되었다.

"안녕. 오늘은 엄청 춥네. 올해 들어 가장 추울지도 모르겠어."

완전히 단골이 된 1월 말의 수요일 밤. 머플러에 얼굴을 파묻으며 가게에 들어갔다. 주문하기 전에 도가미가 작은 그릇에 달걀찜을 내줬다. 고급스러운 육수의 향. 같이 나온 옻칠된 작은 숟가락으로 매끄럽고 부드러운 달걀을 떠서 입에 넣었다. '건더기는 거의 들어 있지 않네'라고 생각했는데 중간쯤 먹다 보니 큼지막한 백합근이 걸렸다.

"갯장어 육수? 맛있네. 몸이 따뜻해져."

싸늘해진 몸속에 서서히 스며드는 듯한 맛이었다. 오늘은 일이 끝나갈 무렵 "지금 가도 될까?"라고 전화한 다음에 왔다. 특히 추운 날이었으니까 첫 번째 요리는 따뜻한 것으로 내줬을 것이다.

"마음대로 만들어줘도 되겠어?"

"응, 알아서 줘. 아, 그래도 토란은 먹고 싶어."

"알았어."

성대 다시마 절임, 양념을 바르지 않은 빙어 구이, 무 조림, 전부 맛있었다. 한 접시에 이 인분으로 정해진 것이 많았지만 마리야는 늘 혼자서 오기 때문에 최근에는 일 인분으로 줄여서 내주었다.

토란 조림은 올 때마다 주문했다. 지금이 제철인 토란은 씹히는 부분 없이 부드러운 식감이 십육 년 전과 변함없이 맛있었다.

(아아, 행복해. ······이 얼마나 행복한가. 이렇게 맛있는 요리를 연달아 먹을 수 있다니.)

행복을 음미한다.

구운 게 요리에는 직사각형으로 얇게 썰어 어란을 끼운 생무가 입가심으로 곁들여 나왔다. 어란은 일본주에 절인 것 같았다. 부드럽고 간이 적당하다.

"일식은 참 좋은 것 같아. 일본주랑도 어울리고……. 이 게는 맛이 진하고 달다. 따끈따끈해서 더 맛있는 것 같아."

마리야가 요리에 대한 감상을 말하면 도가미는 늘 '그렇지'라는 듯이 끄덕일 뿐이지만 조금 기쁜 것처럼 보였다. 요리사가 요리를 칭찬받았는데 기쁘지 않을 리 없다. 정말로 그렇게 느꼈기 때문에 말한 것뿐이지만 그래도 자신의 말에 도가미가 기뻐하는 것을 보면 마리야도 기분이 좋았다. 적어도 지금의 마리야를 딱히 싫어하는 것 같지는 않아서 안심했다.

"아, 그리고 주먹밥. 주먹밥이 먹고 싶어."

"엄청 잘 먹네."

"맛있으니까. 게다가 한 접시의 양을 줄여줬잖아. 덕분에 여러 종류를 먹을 수 있고, 고마워."

이 가게는 마무리로 먹는 식사류가 또 일품이다. 처음 온 날 먹었던 꽁치 봉초밥도 좋았고, 지난주에 먹은 도미 오차즈케도 꿈인가 싶을 만큼 맛있었다. 도가미의 지인이 직접 재배한 쌀이라는 것 같았다. 먼저 갓 지은 밥을 담아 달라고 해서 그 자체의 맛을 즐긴 다음 도가미가 직접 절인 도미를 같이 먹었다. 마지막으로 도미를 흰쌀밥에 올리고 도미 뼈로 우려낸 육수를 부어 오차즈케로 먹었다.

그때 일 인용 질냄비로 지은 밥을 다 먹지 못해서 '이렇게 맛있는데 다 먹을 수 없다니' 하고 고뇌하고 있었더니 보다못한 도가미가 주먹밥으로 만들어주었다.

"이게 마지막 요린데 괜찮아?"

"응. 와, 맛있겠다."

된장국과 주먹밥이 나왔다. 주먹밥은 하나뿐이지만 그 하나가 엄청 컸다. 물수건으로 손을 닦고 주먹밥을 둘로 쪼개자 김이 모락모락 났다. 잘게 썬 차조기 잎과 발라낸 생선 살이 들어 있다. 절묘한 소금 간, 쌀은 우오누마산이다.

"음, 쌀이 달고⋯⋯ 맛있어⋯⋯."

눈을 감고 맛을 음미했다. 곁들인 산마 절임과 단무지는 직접 만들었을 것이다. 이것도 맛있다. 된장국의 건더기는 파래, 유자향도 났다. 쌀과 행복을 음미하고 있는데, 카운터 안에서 마리야를 보며 도가미가 말했다.

"예전이랑은 분위기가 다르네."

주어가 빠져 있지만 자신을 말하고 있다는 것을 알 수 있었다.

"그래? 딱히 성격이 바뀌었다거나 그런 말은 못 들었는데."

마리야가 그렇게 해달라고 해서인지 도가미는 다른 손

님이 없을 때는 친구처럼 편하게 말을 해주었다. 그래봤자 이쪽에서 물어보는 것에 답하는 것이 대부분이지만. 요리에 대한 설명 외에 그가 먼저 입을 여는 경우는 드물었다. 하물며 이렇게 마리야에 대해 이야기를 하는 것은 처음이었다.

오늘은 마리야가 마지막 손님인 데다 주먹밥과 된장국이 마지막 요리였기 때문에 긴장이 조금 풀어진 걸지도 모른다.

"나 예전에는 어땠어?"

어떤 이미지였을까? 아무것도 모르는 척 순수한 모습을 가장하며 물었다. 도가미는 도마를 닦으며 답했다.

"글쎄, 별로 이야기한 적이 없으니까. 텔레비전에서 본 게 다야."

나빴다고는 말하지 않았다. 그것만으로도 안심했다. 좋은 인상을 주었을 리 없다는 것은 알고 있다. 하지만 도가미가 그렇게 말하지 않았다는 것은 적어도 '지금의 마리야'에게 마음을 쓰고 있다는 것이다. 그도 현재의 관계를 아무 사이도 아니라고는 생각하지 않는 것이다. 그저 씀씀이가 좋은 단골손님 정도로 생각하더라도 그 관계를 깨지 않으려고 신경 써주고 있었다.

지금은 그걸로 충분하다. 한 걸음씩이지만 분명 친구라고 부를 수 있는 관계에 다가서고 있을 것이다. 적어도 첫걸음을 헛디뎌버리는 실수는 하지 않았다.

"저기, 다음에 말이야. 우리 가게에도 한번 와줄래? 대접하고 싶어. 아, 겐지도 같이."

"네?"

갑자기 자신의 이름이 나오자 테이블을 닦고 있던 겐지가 돌아보았다. 도가미는 반응이 약하지만 겐지는 곧바로 반응한다. 눈이 마주쳐 마리야가 싱긋 웃어주자 겐지는 겸연쩍은 듯 가볍게 인사했다. 단골손님이라 결례를 범하면 안 된다는 의식은 있는 것 같지만 그는 아직도 마리야가 올 때마다 복잡한 표정을 짓고 있었다. 뭔가 꾸미고 있는 건 아닌지 의심하는 듯 처음에는 경계하는 시선을 보냈다. 하지만 지금은 적이라고 생각했던 상대가 갑자기 무해하고 허물없는 손님으로 변신한 것에 당황하고 있는 것 같았다. 이쪽도 조금씩 익숙해지게 만드는 수밖에 없다.

"아, 이탈리안은 별로야?"

"아니."

마리야의 질문에 도가미는 일손을 멈추고 마리야를 쳐다보았다.

"옛날에는 프렌치를 하지 않았던가?"

"어? 그랬지……. 잘 아네?"

십 대 때는 프랑스 요리를 공부했다. 프렌치 레스토랑에서 수련했지만 지금 경영하는 가게는 이탈리안 창작요리 레스토랑이다. 도가미가 그런 정보를 알고 있다니 의외였다.

"옛날에…… 벌써 십오륙 년 전인가. 콘테스트에서 프렌치 요리를 만들었잖아. 아, 잊었다고 했던가. 나도 그 콘테스트에 나갔어."

도가미는 식기를 정리하면서 대수롭지 않은 일처럼 말했다. 마리야가 기억을 잃어버렸다는 것을 순순히 받아들인 데다, 마리야가 잊어주기만 간절히 바랐던 첫 만남을, 그런 식으로 간단히…….

(기억하고 있구나.)

도가미가 기억하고 있다는 건 알고 있었다. 자신이 만든 요리까지 기억하고 있을 거라고는 생각하지 못했지만.

마리야는 조금 당황했지만 내색하지 않고 그렇구나, 하고 끄덕였다.

"내가 만든 이탈리안은 프렌치스럽다는 말을 자주 들어. 딱히 정통파가 아니랄까, 일본 식재료를 사용하기도 하고."

이탈리안 프렌치나 프렌치 이탈리안이라는 타이틀로 소개되는 일도 많았다. 딱히 불만은 없지만 도가미처럼 전통적인 요리를 만드는 정통파 요리사들 중에는 좋게 보지 않는 사람도 있다는 것은 알고 있다. 융통성 없는 자칭 정통파 요리사들이 어떻게 여기든 내 알 바 아니라고 생각했지만 도가미의 반응은 신경 쓰였다.

"맛있는 것에는 정통도 사도도 없어."

도가미는 역시 아무것도 아니라는 듯이 말했다. 그답다. 무의식중에 입가가 누그러졌다.

"다행이네. 그럼 꼭 먹으러 와. 늘 맛있는 요리를 만들어 준 답례로 이번엔 내가 실력 발휘할 테니까."

거절하기 어렵도록 일부러 기특한 표현을 썼다. 자신이 만든 요리도 먹어줬으면 좋겠다고 계속 생각하고 있었다. 처음에는 그저 도가미의 요리를 언제든 먹을 수 있다는 것만으로도 너무 행복했다. 하지만 자기만 도가미의 요리를 좋아하는 것은 역시 불공평하다. 균형이 맞지 않는다.

마리야는 손님과 요리사의 관계로 만족하지 않았다. 대등한 관계가 되기 위해서는 요리사 대 요리사로 서로 인정하지 않으면 안 된다. 도가미가 자신의 요리를 먹어보면 그렇게 되리라는 자신이 있었다.

도가미는 조금 생각하는 듯했지만 결국 "그럼 고맙게 받아들일까"라고 테이블 좌석을 정리하고 있는 겐지에게 말했다. 겐지는 고개를 끄덕였지만 어딘지 수상쩍다고 생각하는 것 같았다. 그동안 마리야가 한 일을 생각하면 무리도 아니다. 도가미가 지나치게 무신경한 것이다.

기억이 사라졌다고 해서 성격까지 바뀌는 것도 아닌데 너무 가식을 떤 건 아닌지 반성했다. 좋은 사람인 척하는 것도 지나치면 의심받는다. 조절이 어렵다.

그다음 주 '이치리'의 정기 휴일에 도가미와 겐지를 마리야가 경영하는 레스토랑에 초대했다.

첫 번째 요리부터 디저트까지 모두 마리야가 만들고 담았다. 전채는 스코틀랜드 연어와 윈터 트뤼프를 넣은 치즈 코코트(작은 접시에 달걀 등을 담아서 조리한 요리-옮긴이)로 두 종류를 냈다. 생선 요리로 잘게 부순 피스타치오와 새우 내장을 올린 새우 그릴 구이, 중간 입가심으로 샴페인과 장미 셔벗을 준비했다. 육류 요리는 소고기 필레의 푸알레(필레는 등심 아래 부위의 살코기를 말하며, 푸알레는 찜 요리의 일종이다-옮긴이)로 블랙 페퍼를 활용한 소스를 곁들였다. 파스타는 생면으로 만든 정어리 라구 소스 파스타였다. 마지막으로 생캐러멜 위에 고급 백설탕과 바닐라 무스를 올린 가벼운 디저트로 마무리했다. 생선 요리의 가니시로 토란 콩피(프랑스 요리에서 시럽이나 기름에 식자재를 넣고 오랫동안 끓이는 요리법 - 옮긴이)를 곁들인 것은 일종의 재치였다.

다른 테이블의 손님에게 인사를 하기 위해 두 사람이 앉은 근처를 지나갈 때 두 사람의 대화가 들렸다.

"맛있군."

"맛있네요."

마리야는 완전히 풀려버린 입매를 손으로 감추고 주방으로 돌아갔다.

*

좋은 올리브오일이 들어와서 도가미에게도 한 병 나눠주려고 예약을 하지 않고 '이치리'에 들렀다. 아직 이른 시간인데도 폐점 팻말이 걸려 있었다. 가게 안에서 불빛이 새어 나오고 있었기 때문에 개의치 않고 문을 열고 들어갔다.

도가미는 카운터 안에 있었지만 겐지의 모습은 보이지 않았다. 손님은 한 명도 없었다.

"어라? 벌써 끝났어? 오늘 정기 휴일도 아니잖아."

"겐지가 집안 사정으로 갑자기 쉬게 됐어. 그래서 예약이 잡혀 있는 한 팀만 받고 일찍 닫기로 한 거야."

"그랬구나."

마침 정리도 끝낸 참인 것 같았다. '아쉽지만 올리브오일만 주고 돌아갈까' 하고 단념하려는데 도가미가 새하얀 타월로 양손을 닦고 식칼을 꺼내 들었다.

"특별한 건 못 만드는데 괜찮아?"

"정말? 그래도 돼?"

특별 취급이다. 단골손님에서 한 걸음 나아가 친구에 가까워진 느낌이 들었다. 들뜬 마음으로 카운터 좌석 의자를 당겼다.

"오늘은 뭔가 짐이 많네?"

"새로운 메뉴를 집에서 만들어볼까 하고 식재료를 일부 가지고 왔거든. 아, 그리고 이거. 약소하지만."

종이봉투에서 올리브오일 병을 꺼내 카운터에 올려놓았다. 도가미는 신기한 듯이 프랑스어가 적힌 라벨을 응시하며 "고맙군"이라고 말했다.

"일본식 달걀말이 돼?"

"어. 그리고 절임도 있어. 쌀이 있으니까 밥도 지을 수 있고. 시간은 걸리겠지만."

도가미는 말하면서 냉장고를 열어 안을 확인했다.

"연어 알 간장절임이 있는데 덮밥을 하기에는 조금 부족하려나……. 안주로 만들까?"

"아, 맞다. 내가 지금 생각해둔 신 메뉴가 있는데."

연어 알이라는 말을 듣고 생각났다. 그래, 그거라면 쌀도 있고 조리기구도 있겠다, 무엇보다 도가미에게 시식을 부탁해 의견을 들을 수 있는 찬스였다.

"잠깐만 주방을 빌려도 될까? 정리는 확실하게 해놓을게. 아, 다른 사람이 주방 쓰는 거 불쾌하려나?"

"아니, 그건 상관없는데. 네가 만들 거야?"

"허락해주면."

일어나서 겉옷을 벗고 소매를 걷었다. 양손의 반지를 빼서 카운터 구석에 올려놓았다. '이치리'의 주방은 도가미의 성역이다. 허가를 받고 안으로 들어가 정성껏 손을 씻었다.

"아직 구상 단계인데 괜찮으면 맛 좀 봐줘. 아, 연어 알 써도 돼? 돈은 나중에 줄게."

종이봉투에서 수통을 꺼내 카운터 안으로 가져왔다. 내용물은 자신의 가게 주방에서 우려낸 도미 뼈 육수다. '이치리'의 질냄비를 빌려서 도미 육수로 밥을 지었다. 소금 간은 연하게. 여기까지는 거의 일식이다. 화력이 센 업소용 가스불로 가열해 보글보글 소리가 나기 시작하면 중불에서 오 분, 뭉근한 불로 사 분, 마지막에 센 불로 몇 초간 가열하고 불을 껐다. 그런 다음 십 분간 뜸을 들였다.

밥이 다 되고 뚜껑을 열자 육수 향이 확 피어올랐다. 마무리로 올리브오일을 살짝 두르고 간장에 절인 연어 알을 올린 다음 뚜껑을 닫았다. 연어 알이 살짝 데워질 정도의 시간을 두고 냄비받침을 빌려 도가미 앞에 질냄비를 놓고 다시 뚜껑을 열어 보였다.

"자, 연어 알 리소토 완성. 원래 리소토는 뚜껑을 덮지 않고 요리하는데. 뭐, 이번에는 이탈리안 일식인 길로."

연한 크림색이 된 쌀은 오일로 인해 반지르르해서 보기만 해도 맛있을 것 같았다. 주걱으로 연어 알을 섞어 두 사람 몫을 그릇에 담았다. 둘 다 카운터 안에 선 채로 도가미가 젓가락을 건넸다.

"자, 먹어봐."

"……잘 먹을게."

도가미 몫의 그릇을 건넸다. 도가미는 입을 크게 벌려 한 입 먹고는 눈을 크게 뜨며 말했다.

"……맛있어."

"그렇지?"

마리야도 맛을 보고 만족했다. 도미 육수가 잘 배어 있고 연어 알의 소금 간도 딱 좋았다. 눌은 부분도 구수했다. 마지막 몇 초간 불을 세게 한 것이 성공을 가져온 것 같다.

"육수는 도미인가."

"맞아. 일본식 육수는 심플하고 깊고 풍미가 있어. 쓸데없는 게 떨어져 나간 느낌이랄까. 여기에 다니면서 영향을 받은 것 같아."

"이탈리안이라고 하기에는 너무 일본풍인 것 같은 느낌도 들지만"이라고 마리야가 덧붙이자, 도가미는 나무에서 그대로 깎아낸 듯한 갈색 젓가락으로 크게 한 입 떠먹고 "맛있으면 뭐든 상관없어"라고 말했다.

그릇은 벌써 절반 넘게 줄어들었다. 그냥 하는 말이 아니라 정말로 입에 맞는 모양이었다. "그렇겠지"라고 웃으며 마리야도 다시 먹기 시작했다. 도가미는 뭐든 솔직하게 그대로 받아들인다. 기억을 잃었다고 하면서 갑자기 손님으로 나타나 친한 척 다가온 자신을 맥 빠질 만큼 순순히 받아주었다.

정통 일식을 만드는 요리사지만 유연하고 개방적이다.

그런 그에게 자신은 거짓말을 하고 있다. 기억을 잃은 척하지 않고 제대로 사과했으면 용서해줬을지도 모른다. 솔직하게 사실은 네 요리가 좋다, 친해지고 싶다고 말했으면 분명 거절하지 않았을 것이다. 마리야가 그렇게 하지 못했을 뿐이다. 자기 혼자만 신경 쓰는 자신의 이미지와 자존심을 버리지 못했다.

"하지만 아직 개선의 여지는 있어. 조금 더 이탈리안 리소토에 가깝게 하려면 쌀은 조금 단단한 편이 좋을 것 같아. 이래서는 일본식 솥밥이 되어버리니까."

"올리브오일이 이탈리안이야. 그걸로 한층 화려해진 느낌이야."

순식간에 다 먹은 도가미는 빈 그릇을 들고 질냄비 앞으로 이동해 직접 두 그릇째를 담았다. 더 먹어주는 건 기쁘다. 어떤 손님이든 기쁘겠지만, 도가미 세이이치가 자신이 만든 요리를 한 그릇 더 먹을 만큼 맛있어한다는 사실은 마리야를 행복감으로 가득 채워주었다.

가식을 떨 것도 없이 저절로 미소가 지어졌다.

"마리야의 요리는 그런 조합 방식이 좋아. 지난번 코스 요리에서 마지막에 나온 바닐라 무스에도 고급 백설탕을 썼지? 그거 맛있었어."

"일본 식재료 말고도 다양하게 쓰고 있어."

"그러고 보니 풍미를 내기 위해 사용한 건 프랑스 술이었나."

"응, 코냑이야. 잘 아네."

기쁘고 즐거워서 목소리가 들떴다. 이런 게 하고 싶었다. 줄곧. 도가미의 요리를 먹고 감상을 말한다. 거기에서 영감을 얻어 자신의 요리에 활용하고 그것을 도가미에게 맛보이고 감상을 듣는다. 그리고 이야기를 나눈다. 서로의 요리에 대한 이야기를. 정말로 바라 마지않던 일이었다.

"아, 하나 더. 일전에 여기서 고등어 초절임을 먹고 생각한 건데, 발사믹으로 생선을 절여서……."

나는 비겁자이고 겁쟁이이며 거짓말쟁이다. 자각하고 있지만 후회는 없다.

*

카운터 끝자리에서 구운 굴을 안주로 술을 마시고 있는데 테이블 좌석에 앉은 여자 두 명의 대화가 들렸다.

"이 조림 진짜 맛있다! 껍질이 조금 남아 있어서 별로라고 생각했는데 토란 맛이 엄청 진해."

"칼로 껍질을 깎지 않고 행준가 뭔가로 긁어낸 다음 그 대로 조린대. 그렇게 하는 게 토란의 맛을 제대로 즐길 수 있대. 모양은 좀 별로지만."

토란 조림이 테이블로 옮겨지는 것을 보고 있었기 때문에 환호성을 지를 것은 예상하고 있었다. 그럼, 그렇지. 자신이 만든 것도 아닌데 괜히 뿌듯한 기분으로 잔을 기울였다.

그런데……

"롯폰기에 '하쓰쿠라'라는 고급 요정이 있는데 그 가게가 토란을 이렇게 낸대. 여기 주방장은 거기에 영향을 받았을 거라고 테리의 블로그에서 그랬어. '하쓰쿠라'같이 비싼 데는 자주 갈 수 없지만 이 가게에 오면 언제든 먹을 수 있으니까."

(뭐?)

테리는 최근 다양한 잡지에서 칼럼을 쓰고 있는 푸드 블로거이다. 같은 잡지에 글이 실린 적이 있어서 마리야와는 안면이 있었다. 스마트폰을 꺼내 예의 블로그를 확인했다. 확실히 '이치리'에 대한 글이 있었다. 테리는 '이치리'를 높게 평가하고 있었는데 중간에 토란 조림에 대해 언급한 부분이 있었다.

('토란 조림이라고 하면 요전에 '하쓰쿠라'에서도 먹었다. 처음에는 '고급 요정에서 웬 토란 조림?'이라고 생각했는데 의외로 맛있어서 푹 빠져버렸다. 시골풍이라고 할까. 그래서 여기서도 주문해봤는데 '이치리'의 조림은 '하쓰쿠라'의 조림을 떠올리게 하는 맛으로······.')

기사를 읽어나가며 마리야는 눈썹을 찌푸렸다. 테리는 도가미가 이전에 일했던 가게 이름을 들면서 거기 주방장과 '하쓰쿠라' 주방장이 선후배 관계라는 것도 언급한 다음 '이치리'의 조림은 '하쓰쿠라'의 조림을 참고로 한 것인 양 써놓았다.

('그릇이나 담아내는 건 훨씬 소박하지만 껍질을 완전히 벗기지 않고 조리하는 방법 같은 건 '하쓰쿠라'의 영향을 받았다고 여겨진다······.' 뭐어! 뭐라는 거야! 그 반대라고, 반대.)

'하쓰쿠라'의 조림이라면 마리야도 지난달에 먹었다. '이치리'의 조림보다 가다랑어 육수의 풍미가 조금 강하고 잘게 썬 유자 껍질이 곁들여져 있었다. 그 가게는 고급 요정으로 원래 토란 조림을 메뉴로 낼 만한 가게가 아니었다. 그래서 '이치리'의 조림에 감명을 받은 주방장이 만들기 시작했을 거라고 짐작하고 있었다. 그것은 좋다. 레시피를 훔친 것도 아니고 다른 가게의 요리에서 힌트를 얻는 것은 흔히 있는 일이다. 마리야만 해도 도가미의 요리에서 영감을 얻고 있다.

하지만 그건 그렇다 치고 십육 년 전에 자신이 먹고 충격을 받았던 요리가 '고급 요정의 조림과 비슷한 것을 싸게 먹을 수 있다' 정도의 가치밖에 없는 것처럼 여겨지는 것은 참을 수 없었다. 그녀들이 실제로 먹어보고 맛있다고 느낀 것은 알겠지만 그래도 기분이 좋지 않았다.

전화벨이 울리고 도가미가 전화를 받기 위해 가게 안으로 들어간 타이밍에 마리야는 테이블 좌석 쪽을 돌아보았다. 겐지는 홀에서는 잘 보이지 않는 설거지 칸에서 설거지를 하고 있는 것 같았다. 물 흐르는 소리가 들렸다. 이쪽의 대화소리는 들리지 않을 것이었다.

말을 걸기 전에 이쪽을 향해 앉아 있던 여성이 마리야를 알아챘는지 눈이 마주쳤다. 싱긋 웃어 보이자 상대가 어머, 하며 목소리를 높였다.

"세, 세상에, 마리야 슈 씨!"

"안녕하세요."

잘됐다. 나를 알고 있는 듯하다. 그편이 말하기 쉽다. 다른 한 명의 여자도 돌아보더니 어머, 하며 손으로 입을 가렸다.

"설마, 진짜? 왜 이런 데?"

"그저 손님일 뿐입니다. 이 가게 팬이거든요."

완벽하게 영업용 얼굴과 목소리를 만들어 그녀들에게 말했다.

"특히 이 조림을 굉장히 좋아합니다. 여기 주방장이 어렸을 때…… 벌써 십오륙 년쯤 됐나, 요리 콘테스트에 냈던 것을 저도 시식한 적이 있는데 그 맛에 충격을 받아서. 그런데 이렇게 다시 먹을 수 있게 돼서 기쁘네요."

티 내지 않고 도가미가 십오 년 전부터 이 조림을 만들어왔다는 것을 인상에 남겼다.

"같은 요리사로서 자극도 되고 해서 자주 옵니다. 그런데 저 말고도 그런 요리사가 많은 것 같네요."

잠깐 실례할게요, 하고는 스마트폰을 꺼내며 자리를 떴다. 전화 같은 건 오지 않았지만 자못 급한 연락이 온 것 같은 얼굴로 가게를 나왔다.

문을 닫고 차가운 바깥 공기에 어깨를 움츠리며 테리의 전화번호를 찾았다. 전화번호를 교환한 것도 한참 전이고 전화를 거는 것도 처음이지만 두 달쯤 전에 잡지 편집부에서 우연히 만나 언제 한잔하자는 이야기를 했다. 그렇게 이상하게 여기지 않을 것이다.

"여보세요, 테리 씨? 안녕하세요, 마리야입니다."

다행히 바로 연결되었다. 갑작스러운 전화에 놀란 듯했지만 목소리에 귀찮은 기색은 없었다. "일전에는 감사했습니다, 새로 시작한 칼럼도 잘 읽고 있습니다"라고 적당한 인사말을 집어넣고 본론으로 들어갔다.

"실은 좀 전에 테리 씨 블로그 글을 봤거든요. 저도 토란 조림 엄청 좋아합니다."

코트를 안 입고 나왔더니 바람이 차다. 스마트폰을 든 왼팔을 오른손으로 쓸어내리며, 단어를 골라가며 이야기했다.

"테리 씨가 말한 '하쓰쿠라'의 조림도 먹어봤어요. 유자향이 나고 시골풍이라고 해도 고급스러운 맛이었죠. 저는 '이치리' 쪽이 순수한 토란의 맛을 느낄 수 있어서 더 좋지만……. 의외인가요? 옛날에 한 번 먹었던 게 인상에 남아서 그런 걸지도 모르겠네요. 네에, 사실은 그렇습니다. 벌써 십오륙 년쯤 됐을까요. 여기 주방장이 어렸을 때 요리 콘테스트에 출품했던 메뉴인데 그때 시식한 적이 있습니다. 그때는 가다랑어 가루가 뿌려져 있었는데. 지금은 더 심플해졌죠."

블로그 글이 잘못됐다고 직접적으로 지적하지는 않았지

만 상대는 자신이 쓴 글이 틀렸다는 것을 깨달은 듯했다. '돌려 말하면서 비꼬는 거냐'며 화를 내는 타입이 아니라 다행이었다. 상대방이 기분 나빠하면 그럴 의도는 아니었다고 말하고 정보만 전해주고 빠질 생각이었다. 하지만 그런 걱정은 안 해도 될 것 같아서 안심하고 말을 이었다.

"요리도 맛있고 요리사로서 자극도 받을 수 있어서 최근에 자주 다니고 있습니다. 저 말고도 그런 요리사가 많은 것 같던데. 일전에 '하쓰쿠라' 주방장도 다녀갔다는 말을 들었습니다. 아하하, 그렇습니다."

영향을 받은 것은 '하쓰쿠라' 쪽이라고 쐐기를 박자 상대는 전화 너머에서 "그렇습니까, 이거 실수했군요"라고 솔직하게 인정했다. 이 상태라면 기사를 수정해줄 것 같았다. "테리 씨의 블로그는 영향력이 있으니까"라며 비위를 맞춰주는 것도 잊지 않았다.

"죄송합니다. 우연히 조금 전에 그 이야기가 화제에 올라서……. 아뇨, 아뇨. 저도 먹었다는 말을 하고 싶었을 뿐이에요. 갑자기 전화 드려서 죄송합니다. 괜찮으시면 저희 가게에도 또 와주세요."

테리는 화를 내기는커녕 알려줘서 고맙다고 기특한 말을 했다. 덕분에 원만하게 이야기를 끝낼 수 있었다. '역시

나야, 완벽해'라고 자신의 화술에 도취되어 전화를 끊었다. 스마트폰을 손에 들고 '이제 따뜻한 가게 안으로 돌아가볼까' 하고 돌아서는데, 도가미가 서 있었다.

웃는 얼굴 그대로 굳어버린 마리아에게 도가미는 평소처럼 감정이 실리지 않은 말투로 말했다.

"……통화가 끝나서 돌아왔는데 자리에 없길래."

"아…… 그래. 그랬구나……. 어, 잠깐 전화 좀 하려고."

얼굴에 경련이 이는 것을 자각하면서 대답했다.

(들었을까? 어디까지?)

도가미의 표정을 읽을 수 없으니 알 길이 없었다.

"다음 요리 내도 될까?"

"응, 다 끝났으니까."

함께 가게로 돌아와 카운터 좌석에 앉았다. 오늘의 추천 튀김은 튀김옷을 얇게 입혀 튀겨낸 대합인 것 같았다. 먹기 좋게 반으로 잘려 있었다. 대합은 너무 오래 익히면 질겨지는데 절묘하게 튀겨내 육질이 부드럽고 육즙이 입안 가득 퍼졌다.

차분하게 맛볼 수 없는 게 유감이었지만 맛은 변함없이 나무랄 데가 없었다. 튀김옷이 눅눅해지기 전에 먹으라고 했지만 말할 필요도 없이 순식간에 먹어치웠다. 도가미는 아무것도 묻지 않고 요리를 내주며 통화 내용을 들었다고도, 듣지 않았다고도 말하지 않았다. 하지만 시선을 의식하는 듯한 느낌이 들었다.

"마무리 식사가 나오기 전에 이제 한 접시쯤 남았나?"

"음, 오늘은 여기서 그만…… 끝낼까……"

거북하다. 다른 손님도 있는데 '좀 전에 그거 들었어?'라고 물을 수도 없다. 등에 식은땀을 흘리면서 대합에 곁들인 뿌리채소 튀김까지 다 먹고 젓가락을 내려놓았다.

"미안, 오늘은 그만 갈게. 계산해줘."

설거지를 마친 겐지에게 말했다. 겐지는 아무것도 눈치채지 못한 듯 평소대로 손으로 쓴 계산서를 가져왔다.

(어떡해, 어떡하지……. 아냐, 괜찮아, 진정해.)

당장에라도 도망치고 싶은 마음을 억누르며 잔돈을 기다리는 동안 자신을 타일렀다. 전화 내용까지 들었을 거라는 보장은 없다. 설령 들었다고 해도 얼버무릴 방법은 얼마든지 있다. 거동이 수상하면 의심을 받겠지만 침착하게 대응하면 괜찮다. 지금은 머리가 돌아가지 않지만 일단 떨어져서 태세를 다시 정비하면 된다. 컨디션만 좋아지면 어떤 식으로든 변명할 수 있을 것이다.

겐지에게 잔돈을 받고 코트를 입었다. 가능한 한 천천

히, 초조해 보이지 않도록. 테이블 좌석에 앉은 여자들에게도 가볍게 인사를 하고 겐지와 도가미에게도 평소처럼 스마트하게 인사만 하고 나갈 생각이었다. 그런데 오늘따라 도가미가 카운터에서 나와 문을 열어주었다. 전에도 손님이 많지 않을 때는 가게 밖까지 배웅해준 적이 있지만 오늘은 전혀 기쁘지 않았다. 빨리 벗어나고 싶은데 이 타이밍에 단둘이 되니 무슨 말을 할지 경계하게 되었다.

"왠지 안색이 좋지 않은데."

"그래? 평소랑 똑같은데. 아, 좀 피곤해서 그런가. 그래서 오늘은 일찍 가려고."

저도 모르는 사이 말이 빨라졌다. 바깥 공기가 차다. 코트를 입고 있지 않은 도가미는 더 추울 것이다. 이제 됐다고 들어가라고 말하려는 순간, 도가미가 잠시 생각에 잠긴 듯 시선이 흔들리더니 입을 열었다.

"……조금 전 전화 말이야."

거기까지 들었을 뿐인데 심장이 오그라들었다. 역시 다 들은 것이다. 알아챘을까. 얼버무려야 하는데, 생각하면 할수록 더 초조해져서 말이 나오지 않았다. 표정도 만들 수 없었다.

"그럼, 난 그만……. 잘 먹었어."

뭔가 말하려는 듯한 도가미를 가로막고 제 할 말만 하고 등을 돌렸다. "어이" 하고 부르는 듯한 느낌이 들었지만 그 대로 내달렸다. 전력질주를 한 게 몇 년 만인지 모르겠다. 커브를 돌 때까지 뒤도 돌아보지 않고 달렸다.

(이제 어떡하지…….)

도망쳐버렸다. 그건 정말 누가 봐도 완전히 '도망친' 것 처럼 보였을 것이다. 사람은 이유 없이 도망치지 않는다. 그건 꼭 켕기는 일이 있다고 말하는 거나 마찬가지였다. 마리야는 '이치리'에서는 자신의 모습이 완전히 보이지 않 는 곳까지 가서야 길가에 쭈그려 앉아 머리를 감쌌다.

(최악이다.)

도가미는 분명 수상쩍게 생각했을 것이다. 애써 여기까 지 잘해왔는데. 잠시 그 자세로 있었지만 계속 그러고 있 을 수도 없었다. 느릿느릿 일어나 뒤를 돌아보았다. 물론 도가미는 쫓아오지 않았다. 가게가 있으니까 설령 마리야 의 행동을 이상하게 여겨 캐묻고 싶어도 쫓아올 수는 없다 는 것을 알고 있었다.

이대로 마리야가 도가미의 가게에 가지 않으면 아마 더

이상 만날 일도 없을 것이다. 마리야가 거짓말을 했다는 것을 알아도 그것을 직접 비난할 기회도 없이 시간이 지나면 어느샌가 잊어버릴 것이다. 그 정도의 관계였다.

추위에 콧물이 나와서 코를 훌쩍이며 걷기 시작했다. 택시를 잡으려고 주위를 둘러보니 차도 너머로 술집 간판이 눈에 들어왔다. 망설임 없이 들어가 독한 술을 주문했다. 취하지 않고는 견딜 수 없는 기분이었다.

'이치리'와는 달리 어스레한 카운터의 끝자리에 앉아 온더록 잔을 쥔 채 한숨을 쉬었다. 다음에 만나면 어떤 얼굴을 해야 좋을지 모르겠다. 자신이 먼저 가게를 찾지 않는 한 만날 일도 없겠지만, 그건 싫었다. 기억이 사라졌다는 거짓말까지 해서 겨우 도가미의 요리를 먹으러 갈 수 있게 되었다.

날이 풀리기 전에 토란 조림과 토란 구이를 한 번 더 먹어두고 싶었다. 또 곧 봄이 되면 재철 식재료도 달라질 것이다. 흰 살 생선이나 머윗대는 슬슬 맏물이 나오기 시작할 무렵이다. 어떻게든 얼버무리고 구슬려서 단골손님이라는 입장만이라도 지키고 싶다. 불신감이 다소 남아 있더라도 결정적인 증거만 없으면 손님으로 가게를 출입하는 것 정도는 허락될 것이다. 거기서부터 다시 조금씩 다가가면 된다.

애써 가까워진 거리에서 세 걸음 정도 후퇴하는 게 되겠지만 완전히 철수하는 것만은 피하고 싶었다. 지금은 어떻게든 인연이 끊어지지 않도록 얼버무릴 수 있는 방법만 생각하면 된다.

(아, 진짜. 망했어⋯⋯.)

카운터에 양 팔꿈치를 대고 고개를 숙였다. 사실 손님으로서 도가미의 요리를 먹을 수 있게 된 것만으로도 만족한다는 것은 거짓말이다. 서로의 요리를 먹고 의견을 교환하는 대등한 관계까지 딱 한 걸음 남았는데. 그렇게 생각하니 분해서 미칠 것 같았다. 짝사랑이 이루어지기 직전에 내숭이 들켜버린 여자가 이런 심정일까.

거의 다 왔는데, 바보같이. 자신을 욕하며 코를 훌쩍였다. 어떤 비난을 받더라도 가까워지고 싶었다. 자신의 의지로 한 일이기 때문에 거짓말을 한 것 자체는 후회하지 않는다. 하지만 도가미에게 들릴 위험이 있는 가게 앞에서 통화를 한 자신의 부주의함에 대해서는 후회하고 있다.

왜 그런 거짓말을 했느냐는 추궁에 솔직하게 대답해도 이해받을 수 있을 것 같지 않았다. 그렇기 때문에 의심받지도 않았겠지만.

존경하고 있는 상대에게 존경받고 싶었다. 가까워지고

친한 사이가 되면 그렇게 될 수 있을 거라고 믿었다. 가까워지기 위해, 친한 사이가 되기 위해서 한 거짓말이었다. 남들은 뭘 그렇게까지 하느냐고 생각할지 모르지만 마리야에게는 필요했다.

(연애에서는 흔히 있는 일이잖아? 여자가 나이를 속이거나 내숭을 떠는 건 일상다반사라고. 오히려 사랑스러울 정도야. 짝사랑하는 상대 앞에서는 살짝 거짓말을 하거나 들떠서 말이 많아지거나 다들 그렇잖아. 나중에 서로 사랑하게 되고 나서 들킨다고 해도 '미안, 헤헤'로 끝날 이야기다.)

'서로 사랑하는 사이'였다면 달랐겠지만. 그런 부질없는 생각을 하면서 잔을 기울였다. 아무리 도가미가 자신을 인간으로서 경멸하고 싫어하더라도 자신이 무시할 수 없을 만큼의 실력과 재능을 가진 요리사였다면. 요리의 훌륭함만으로도 용서가 될 만큼 도가미에게 인정받는 요리사였으면 좋았을 텐데. 자신에게 도가미가 그런 것처럼.

거짓말쟁이여도 비겁해도 인간성이 최악이어도, 존경하는 상대에게 요리사로서 존경받을 수 있다면 그것만으로도 좋았는데.

홀짝홀짝 마시고 있던 위스키를 단숨에 마셔버리자 목구멍이 뜨거워졌다. 이런 가게의 카운터에서 혼자 술을 마시며 울고 있었다는 기사가 잡지에라도 실리면 차마 눈 뜨고 볼 수 없을 것이다. 간신히 눈물을 참고 대신 술을 단숨에 들이켰다.

울어도 소용없다. 어떻게 해서든 얼버무리는 수밖에 없다. 분명 할 수 있을 것이다. 거짓말에 거짓말을 더하는 꼴이 되겠지만 이제 와서 물러설 순 없었다.

아무리 양심에 찔려도 '이치리'에 갈 수조차 없는 것보다는 낫다. 그럴싸한 변명을 준비하고 태연한 얼굴을 할 수 있는 상태가 되면 찾아가서 다시 조금씩 상황을 살피며 거리를 좁히는 수밖에 없다.

두 시간 동안 만취하지 않을 정도로 마시고 가게를 나왔다. 오늘은 더 이상 머리가 돌아가지 않으니까 집에 가서 자자. 잘 얼버무리지 못하면 어떡하지? 거짓말한 것을 비난하고 경멸하면? 두 번 다시 그 아늑한 가게에 들여보내주지 않으면? 그런 생각을 하니 두려워서 잠도 못 자고 눈물이 날 것 같았다. 그래서 오늘은 될 수 있는 한 생각하지 않기로 했다. 아무것도 생각하지 말고 일단 자자. 하룻밤 지나고 차분해지면 괜찮은 변명을 떠올릴 수 있을지도 모른다.

택시를 타고 맨션 앞에 내렸다. 엘리베이터를 타고 자신의 집이 있는 층까지 올라갔다. 엘리베이터에서 내려 복도로 나와 얼굴을 들었더니 자신의 집 앞에 한 남자가 서 있었다. 현관문 옆 벽에 기대서 있다가 엘리베이터 문이 열리는 소리에 이쪽을 보았다. 눈이 마주쳤다.

도가미였다. 순간 취기가 싹 달아났다.

"왜…… 네가 왜 여기 있어?"

"신경 쓰이잖아."

얼빠진 질문에 태연하게 답이 돌아왔다. 꿈도 환각도 아닌 듯했다.

"가게는……."

"문 닫고 왔어."

'어떻게 여기를' 하고 말하려다 떠올랐다. 그러고 보니 일전에 명함을 준 적이 있다. 집 주소와 전화번호까지 적혀 있는 개인 명함이었다.

맨션 주소를 아는 이유는 알았지만 일부러 찾아온 이유는 모르겠다. 도가미가 집 앞에 서 있는 것을 본 순간 발이 움직이지 않았지만 소리치거나 때리거나 경멸하기 위해 찾아온 게 아니라는 것은 알 수 있었다. 애초에 도가미는 그런 행동을 할 사람이 아니다. 하지만 이렇게 일부러 찾아오는 것도 그답지 않은 행동이었다. 적어도 마리야가 아는 도가미는 그랬다.

(신경 쓰였다니? 뭐가? 내 행동이……?)

그래서 일부러 찾아온 거야? 일을 마치고 굳이 이런 시간에?

(뭐야 이거, 꼭 친구 같잖아.)

그렇게 생각하니 울고 싶어져서 주먹을 꽉 쥐었다.

(친구 같잖아…….)

도가미는 마리야가 엘리베이터에서 내려 우두커니 선 채 이쪽으로 오지 않는 것을 이상하다는 듯 쳐다보았다. 결국에는 도가미 쪽에서 걸어오려고 했기 때문에 마리야는 단념하고 걸음을 떼어 자신의 집 앞에 가서 멈춰 섰다. 어떤 얼굴을 해야 좋을지 몰라 고개를 숙이고 있는 마리야에게 도가미는 평소와 전혀 다름없는 얼굴과 목소리로 물었다.

"기억이 돌아온 거야? 아까 십육 년 전의 콘테스트 이야기를 하고 있었지?"

역시 듣고 있었다.

하지만 얼버무리지 못할 분위기는 아니었다. 그래, 실은 얼마 전부터 조금씩 기억이 났어. 일부러 말하기도 좀 그래서 말 안 했는데.

그렇게 말하려고 얼굴을 들었다. 가까운 거리에서 눈이

마주치자 하려던 말이 목에 걸렸다. 도가미는 자신을 조금도 의심하지 않는다. 그것을 알 수 있다. 마리야가 지금 무슨 말을 해도 그는 순순히 그 말을 믿을 것이다. 다시 새로운 거짓말을 하면 된다. 그렇게 시치미를 떼고 계속 친구인 척하면 된다. 비겁하고 교활하고 이기적인 것은 어제오늘 일이 아니다. 처음부터 다 알고 시작한 거짓말이다.

머리로는 그렇게 생각했지만…….

"돌아온 게, 아니야……."

입에서 나온 것은 다른 말이었다.

"잊어버린 게 아니었어. 잊고 싶었을 뿐이야. 처음 만났을 때 실수한 것도, 심한 말을 해서 미움을 받은 것도, 전부 없던 일로 하고 싶어서."

정신을 차려보니 말할 생각이 없었던 사실을 고백하고 있었다. 도가미는 잠자코 이쪽을 보고 있었다. 조금 놀란 것 같았지만 아직 그 의미를 이해하지 못한 것처럼 보였다. 무리도 아니다. 제대로 설명한다고 해도 이해하기 어려울 것이다.

(반대 입장이었다면 나라도 정말 싫겠다. 그냥 사과하지 그랬느냐고 말하겠지.)

하지만 여기서 멈추면 괜히 혼란만 가중시킬 뿐이다. 말하면 할수록 손해만 볼 뿐이라는 것은 알고 있지만 반쯤 자포자기한 심정이 되어 말을 이었다.

"십육 년 전 콘테스트에서 네가 만든 조림을 먹고 굉장하다고 생각했어. 그리고 예전 가게에서 먹었던 여주 튀김을 또 먹고 싶었어. 다른 요리도 먹어보고 싶었고. 근데 나를 싫어하니까 가게에 갈 수 없어서……. 사과해도 용서해 주지 않을까 봐 두려워서 사과도 못 했어. 그래서 아무것도 기억하지 못하는 척했던 거야. 네가 냉대해도 기억하지 못하니까 아무것도 모르는 척 뻔뻔스럽게 가게에 갈 수 있을 거라고 생각했어. 스스로에게 변명하듯이 말이야."

말을 하면서도 무슨 말을 하는 건지 알 수 없었다. 틀렸다. 이래서는 제대로 전해지지 않는다. 일단 말을 한 번 끊었다.

"그러니까, 나는 네 요리를 먹고 싶었고…… 친, 친해지고 싶었어. 그러기 위해서 처음부터 다시 시작하고 싶었던 거야. 그냥 사과했으면 됐는데 그럴 수 없었어. ……기억을 잃은 척하면 아무렇지 않게 이야기할 수 있지 않을까. 그렇게 생각했어. 텔레비전에 나갈 때처럼, 잘할 수 있을 거라고."

연기를 했다. 기억이 없는 상대를 비난해봤자 소용없다

고 생각해주길 바라며 자신이 한 행동을 없던 일로 하려고 했다. 스스로 비겁한 놈이라고 인정까지 한 마당에 아직도 제대로 된 사과조차 못 하고 있다.

뭐 하는 거야, 솔직하게 고백하고 용서라도 받고 싶은 거야? 용서받지 못할 경우의 위험부담을 생각하면 얼버무리는 게 최선인데. 눈물겨운 우정놀이라도 할 셈이야? 이제 와서? 친구니까 거짓말하기 괴롭다거나 그런 관계도 아니잖아. 그럴 주제도 못 되면서.

자신을 욕해봤자 이미 내뱉은 말은 되돌릴 수 없다. 마리야는 사형선고를 기다리는 심정으로 입을 다물었다. 도가미는 시선을 비스듬히 아래로 피하고 생각에 잠긴 듯한 모습이었다. 마리야의 이야기를 바로 소화하지 못하고 하나하나 상기하고 확인하려는 것 같았다.

"심한 말……"이라고 중얼거리고 잠시 침묵한 다음, 시선을 마리야에게 돌리고 고개를 갸웃거렸다.

"……했었어?"

진지한 얼굴로 묻는 말에 마리야는 자신도 모르게 얼굴을 들고 소리쳤다.

"했잖아! 네 요리는 수수하다라든지……."

"뭐, 그건 사실이니까."

"뭐어? 뭐라는 거야! 수수함과 소박함은 전혀 달라. 수수하다고 하면 뭐랄까, 욕 같잖아. 그럴 의도가 아니었는데. 내가 왠지 기분 나쁜 녀석이 된 것 같아서⋯⋯. 그야, 좋은 녀석은 아니었을지도 모르지만⋯⋯."

그건 정말 맛있었다고, 모양에서 손해를 보는 바람에 표를 받지 못해서 안타깝다고, 그 말이 하고 싶었어.

목소리가 점점 작아져서 끝부분은 고개를 숙이며 웅얼웅얼 말했다.

"왜 네가 화를 내는 거야."

도가미가 어이없다는 듯이 말했지만 아무래도 화를 내고 있는 것 같진 않았다.

"네 조림이 훨씬 맛있었는데 내가 일등이 되어버려서⋯⋯ 우리 부모님이 유명 인사니까. 짜증나는 게 당연해. 나라도 그렇게 생각했을 거야. 자기 실력도 아니면서 하고."

"⋯⋯나는 그렇게 생각하지 않았어."

그렇게 생각하지 않았다. 자신과 달리 도가미는 비뚤어지지 않았기 때문일까. 그런 줄 알았으면 여기까지 오지도 않았을 텐데. 그때도 '이등이지만 네 요리는 정말 맛있었어'라고 솔직하게 말했더라면. 물론 자신은 그러지 못했을 것 같지만 말이다.

또 생각의 늪에 빠지려고 하는 찰나…….

"맛있었어, 네 요리"라고 당연하다는 듯이 도가미가 말을 이었기 때문에 억지로 의식이 끌어 올려졌다. 마리야는 얼굴을 들고 도가미를 보았다. 도가미는 평소와 다름없는 무표정에 가까운 얼굴로 말했다.

"게다가 화려했어. 나도 시식했으니까 알아. 맛과 모양이 종합적으로 평가돼서 그런 결과가 나온 거야. 부당한 결과였다고는 생각하지 않아."

애초에 삼등 부상인 식칼 세트가 갖고 싶어서 출전한 거라고 도가미는 조금 겸연쩍은 듯 덧붙였다. 마리야의 마음을 편하게 해주기 위해 한 말이겠지만 지금은 아무런 위로도 되지 않았다.

멍하게 있는 마리야에게 도가미는 재차 타격을 주었다.

"요리는 모양도 중요하잖아. 확실히 콘테스트에 내려면 그 부분을 고려해야 했어. 덕분에 그다음부터는 그릇에도 신경 쓰게 돼서 오히려 고마울 정도야."

'뭐야 그게, 진심으로 하는 말이야?'라고 저도 모르게 소리칠 뻔했다. 하지만 물어볼 것도 없이 얼굴을 보면 알 수 있었다. 도가미는 무척 진지했다.

"콘테스트 때 내가 네 요리를 엎어버렸잖아."

"아아, 그런 일이 있었지. 근데 그건 사고였잖아. 누군가에게 떠밀린 것 아니었어?"

"파티 때는 와인을 쏟아버리고."

"그것도 사고잖아."

"세탁비도 퇴짜 맞았어."

"빨면 금방 지워지는데 만 엔이나 필요 없지."

마음을 써주고 있는 것이 아니었다. 진심으로 말하고 있는 것이다. 정말로 전혀 신경 쓰지 않는다고.

(혹시 날 싫어하는 게 아니었어?)

안심했다기보다는 그동안의 고뇌와 노력과 긴장이 모두 쓸데없는 짓이었다는 것을 알게 된 허탈감에 풀썩 주저앉고 싶어졌다. 도대체 뭘 위해서. 혼자 설치는 것도 정도가 있지. 자의식 과잉이다. 나 자신 말고는 아무도 신경쓰지 않는다는 것을 처음부터 알고 있었는데. 그렇다고 해도…….

(이런 내가 너무 한심하다…….)

지금만 해도 그렇다. 죽어라 고민해서 두 달 동안이나 계속해온 거짓말을 고백했는데 도가미는 딱히 화내는 기색도 없었다. 곧 쓰러질 것처럼 벽에 기대는 마리야를 보고 도가미는 "너, 괜찮아?"라고 말을 걸었다.

"······넌 무슨 짓을 당해도 화 안 내?"

"그러니까 그건 사고였잖아. 콘테스트 때도 파티 때도."

아니, 그거 말고······.

"······거짓말한 건?"

"왜 그런 거짓말을 한 건지 솔직히 이해할 순 없지만 딱히 화는 안 나. 내 요리를 그렇게 좋아한다는데 기분 나쁘지도 않고."

표정도 바꾸지 않은 채 태연하게 말하는 것을 듣고 말문이 막혔다. 새삼 들으니 굉장히 부끄러웠다.

"단지, 너는 묘하게 이런저런 생각이 많구나 하고 생각했을 뿐이야."

감탄했다고도 질렸다고도 해석되는 모습으로 도가미는 그렇게 매듭지었다. 자신을 두 번 죽이는 짓은 그만두라고 머리를 감쌌지만 도가미는 전혀 그럴 생각이 없어 보였다. 아무 말도 하지 않는 마리야를 신경 쓰는 기색도 없이 "그렇군, 전부 기억하고 있었어"라고 몇 번인가 끄덕인 다음 "맞다"라고 작게 소리를 냈다.

"십육 년 전 콘테스트도 기억하고 있다면 그때 만든 사과 디저트 있잖아. 아이스크림이랑 같이 파이 반죽 사이에 끼운 거. 그거 만들어줘. 맛있었어."

"조, 좋아……."

여기서 그런 이야기가 나올 거라고는 생각지도 못해서 무심코 대답해버렸다. 도가미는 십육 년 전 마리야의 요리를 확실히 기억하고 있었다. 마리야도 도가미의 요리를 기억하고 있었지만, 그것은 토란 조림이 정확히 마리야의 취향인 데다 당시 별로 인연이 없었던 종류의 요리였기 때문이다.

"뭐야, 그런 걸 좋아하는 거야?"

숨을 내뱉은 후 체념한 듯 벽에 등을 맡기고 말했다. 이대로 조금씩 용서를 받으면 계속 예전처럼 지낼 수 있는 걸까? 속으로 가늠하면서 일단은 평범한 대화를 이어나갔다.

표면상으로는.

"단거 좋아해."

"……그렇구나."

"사 년쯤 전에 네가 기획했던 밸런타인 케이크 있잖아, 어딘가랑 콜라보레이션으로 만든 거. 그것도 맛있었어."

"그런 건 빨리 말해주라고!"

자신은 도가미의 안중에도 없다고 생각했다. 그래서 어떻게든 자연스럽게 접근하려고 온갖 고생을 했는데. 그런 것을 알 리 없는 도가미는 왜 책망하는지 이해할 수 없다는 태도로 답했다.

"일부러 본인한테 말하는 것도 좀 그렇잖아. 부끄럽기도 하고, 꼴사납잖아. 왠지 미움받는 느낌이었고."

"그러니까 그건……."

"말하지 않으면 전해지지 않는구나."

도가미의 말에 다시 입을 다물었다. 정말 그렇다. 말하지 않으면 전해지지 않는다. 전해보려고도 하지 않았던 것은 마리야 자신이었다.

어쩌면, 어쩌면 앞으로도 '이치리'에 출입하면서 도가미와 이야기하고 서로의 요리에 대해 감상을 말하거나 함께 연구할 수 있을지도 모른다. 친구처럼. 친구가 될 수 있을지도 모른다. 도가미는 그것을 허락해줄지도 모른다. 이대로라도 왠지. 하지만 여기서 응석 부리면 안 될 것 같은 느낌이 들었다. 제대로 마주할 기회를 얻었으니까.

(이런 건 정말 성격에 맞지 않지만.)

꼭 전해야겠다고 생각해서 한 말이 받아들여지면 새로운 한 걸음을 내디딜 수 있을 것 같은 기분이 들었다. 그래야 할 필요가 있다는 생각이 들었다.

(말해서 전해진다면.)

숨을 들이마시고 내뱉었다.

"정말 그러네. 말하지 않으면 전해지지 않는다는 걸 알았으니까, 새삼스럽지만,"

벽에 기대고 있던 자세를 바르게 하고 돌아섰다. 다만 똑바로 눈을 볼 자신은 없어서 시선은 아래를 향한 채였다.

"네 요리는 정말 굉장해. 나는 네 요리가 좋아. 전부 맛있었어. 거짓말을 해서라도 가게에 가고 싶었을 만큼. 십육 년 전부터 굉장하다고 생각했어. 그래서 나도 너에게 그런 존재가 되고 싶었어. 그, 그러니까, 친구가……"

되고 싶었어.

거기까지 말하고 멈췄다. 입안이 말라서 어쩔 수 없었다. 연기라면 얼마든지 말할 수 있는데 진심을 전하는 것이 이렇게 부끄럽고 긴장될 줄은 몰랐다. 다리가 후들후들 떨리고 목소리도 떨렸다. 말하는 사이 시야까지 부옇게 흐려지기 시작했다. 어디가 쿨하고 스마트하다는 건지. 키친의 귀공자를 연기하지 않으면 자신은 이렇게 한심한 인간이었던 걸까.

"네가 나를 싫어할 거라고 생각했어. 미움받는 게 당연하다고. 하지만 싫어하지 말아달라고 할 수는 없으니까. 그래서 네가 싫어하는 나는 이제 없으니까 처음부터 다시 시작하자고. 그래서…… 말도 안 되는 생각이지만, 그렇게 생각해서 기억이 사라진 척했어. 내가 한 짓에 제대로 사과도 하지 않고."

이건 아니다. 설명이 아니라, 변명이 아니라, 좀 더, 무엇보다 가장 먼저 말하지 않으면 안 될 것이 있다.

"그때, 콘테스트 때 사과하지 못해서 미안해. 와인을 쏟은 것도, 그런 다음 사과하지 않은 것도, 무엇보다 계속 거짓말했던 것도."

미안해, 미안해, 반복했다. 도가미는 가만히 듣고 있다가 마리야의 '미안해'가 끊긴 타이밍에 말했다.

"벌써 잊었어."

주르륵. 눈물샘이 단숨에 풀려버렸다. 무사의 인정인가. 도가미는 콧물을 훌쩍이기 시작한 마리야의 얼굴을 바라보지 않으려고 고개를 돌렸다. 사죄의 의미로 사과와 아이스크림 디저트 플레이트를 만들 것을 약속하고 십육 년을 끌어온 '화해'는 끝이 났다.

*

오늘 밤 영업을 마치면 도가미가 집에 오기로 했다. 십육 년 전에는 바닐라 아이스크림을 썼지만 이번에는 시나

몬과 꿀 아이스크림을 쓸 생각이다. 캐러멜을 입힌 사과와 바삭바삭한 사과 칩과 파이 반죽으로 서로 다른 식감을 즐길 수 있게 하고 아이스크림이 스파이시하니까 산뜻한 캐모마일 젤리도 곁들인다. 구상을 말했더니 도가미는 "그러면 아예 다른 게 되잖아"라고 어이없어했지만 최종적으로는 "맛있겠네"라고 말해주었다.

십육 년 동안 자신도 실력이 늘었다. "마리야 슈의 혼신을 다한 디저트 플레이트를 먹여주지"라고 득의양양한 미소를 지으며 고급 슈퍼에서 재료를 사서 돌아왔더니 맨션 앞에 누군가 서 있었다.

남자와 여고생. 얼굴을 기억하고 있다.

"죄송합니다. 자택까지 찾아와서."

기자라면 이런 일쯤 일상다반사겠지만 일부러 사과하는 것 같았다. 이것이 일이 아닌 개인적인 조사이기 때문일까. 그들은 아직도 마리야의 자택까지 찾아와 기다릴 만큼 진지하게 기억술사에 대해 조사하고 있는 것 같았다.

"기억이 일부 돌아왔다고 들었습니다."

"대단하군요. 그런 정보까지 얻다니. 그 일은 기사로 나오지 않았을 텐데."

"정말입니까? 생각났다는 게."

"음, 뭐."

마리야의 대답에 이노세의 표정이 변했다.

"……기억술사에게 한번 지워진 기억은 다시 돌아오지 않는다고 들었어요. 하지만 그것이 증명된 것은 아닙니다. 만약 마리야 씨의 기억이 돌아왔다면 기억이 지워진 다른 사람들도 기억을 떠올릴 수 있을지도 모른다는 말이죠."

"이야기를 들려주세요"라며 머리를 숙였다. 이노세는 진심이었다. 여고생은 난처한 듯 그와 마리야를 번갈아 가며 쳐다보다가 이윽고 나란히 머리를 숙였다. 이노세는 분명 지인의 기억이 지워졌다고 했다. 함께 있는 여고생도 기억이 지워졌다는 것 같았다. 기억술사가 지울 만한 가치가 있다고 판단한 기억을 가졌다는 의미이리라. 자신과는 다르다.

"……저기, 그거, 거짓말이야."

그들의 진지한 모습을 보니 역시 말하지 않을 수 없어서 입을 열었다.

"기억이 사라졌다는 거, 거짓말이었어. 처음부터."

두 사람이 고개를 들었다. 예상치 못한 말을 들었다는 표정이었다.

"기억술사를 만나고 싶어서 게시판에 글을 올리고 기억

술사를 만난 건 사실이야. 하지만 거절당했어. 내 의뢰는 지울 만하다고 인정받지 못한 거지."

추가 설명을 하면서 멍하니 자신을 보고 있는 두 사람에게 아주 조금 미안한 마음이 들었다. 진심으로 기억술사를 찾고 있는 그들에게는 달갑지 않은 오해였을지도 모른다. 하지만 마리야에게도 그만의 사정이 있었던 것이다. 조금이나마 속죄하는 의미로 어차피 물어볼 것 같은 질문에 먼저 답해주기로 했다.

"나는 예전에 바보 같은 실수를 저질러서 어떤 사람에게 미움을 받았다고 생각했어. 그래서 그 사람의 기억에서 그때 일을 지우고 싶었어. 아, 바보 같은 생각이라는 건 나도 알고 있으니까, 그런 말은 필요 없어. 뭐 뻔뻔한 바람이었으니 예상대로 기억술사에게 거절당한 거야."

결코 유쾌한 이야기는 아니다. 흑역사라고 자각하고 있기 때문에 자세한 내용까지는 물어보지 않길 바라며 설명했다.

"그 뒤로 몇 번이나 게시판에 글을 올렸지만 답장은 없었어. 기억술사의 메일 주소는 지워버렸고 얼굴도 목소리도 아무것도 기억하지 못해."

두 사람도 결국 마리야의 말이 사실이라고 받아들인 것

같았다. 실망한 건지, 안심한 건지, 마리야에게는 어느 쪽으로도 해석하기 힘든 표정으로 "그렇습니까" 하며 이노세가 한숨을 내뱉었다.

"기억술사와 만난 것은 언제입니까?"

"작년 여름. 8월이야. 8월 말."

대답하면서 두 사람 앞을 지나 현관 유리문 앞에 섰다.

"말할 생각은 없었는데 왠지 진심인 것 같아서. ……일단은 오프더레코드로 해줘요."

"알겠습니다. 감사합니다."

이노세가 어두운 목소리로 말했다. 실망시킨 것 같아 미안했지만 잘못된 정보를 믿는 것보다는 나을 것이다. 마리야도 이걸로 개운해졌다.

"기억술사에 관해 기억나는 것은 없습니까? 사소한 거라도 괜찮습니다."

"유감스럽게도 아무것도 생각이 나질 않아. 만나서 거절당했다는 것 정도밖에는. 만난 곳은 S 역 빌딩 어딘가였는데."

"그런가요……."

"그런데 여자? 여자애? 그랬던 것 같아."

"네?"

"그 후에 어떤 여고생이 사진 찍어도 되느냐고 말을 걸어왔는데 그때 '좀 전에 그 사람, 여자친구예요?'라고 묻더라고."

"그럼, 이만"이라고 말하고 등을 돌리려는데 그때까지 가만히 있던 여고생이 물었다.

"마리야 씨, 아직도 기억술사를 찾고 있어요?"

고개를 가로저으며 대답했다.

"이제 필요 없어졌어. 사실은 처음부터 필요 없었어."

과거의 기억은 사라지지 않았지만 마리야에게 그 의미는 크게 달라졌다. 거슬러 올라가 저주가 사라져도 성격까지 변하지는 않는다. 하지만 같은 기억이라도 받아들이는 방식에 따라 저주가 되기도 하고 축복이 되기도 한다는 것을 깨달았다. 지금은 전보다 세상이 조금 나아 보인다.

마리야의 등 뒤로 유리문이 닫혔다. 그들과도 기억술사와도 두 번 다시 만날 일은 없을 것이다. 마리야는 엘리베이터를 향해 걷기 시작하면서 시나몬과 벌꿀의 배합에 대해 생각했다.

현재 이야기 4

나쓰키는 스마트폰을 조작해 도시전설 사이트 게시판의 로그를 거슬러 올라갔다. 나쓰키는 기억하지 못하지만 이노세가 처음 나쓰키에게 접근한 것은 작년 가을, 10월경이었다고 한다. 그로부터 한 달이 지난 11월 말, 이노세가 다시 찾아왔을 때 나쓰키는 그 일을 잊어버렸다. 즉, 그 한 달 사이에 나쓰키는 기억술사를 만나 기억이 지워졌다는 말이 된다.

'나쓰키'의 이름으로 작성된 글은 10월 말에서 시작해 11월 중순까지 이어지고 있었다. '꼭 만나고 싶어요', '부탁이에요', '도와주세요', 날짜를 거듭할 때마다 글은 절실해졌다.

자신이 썼다는 것을 믿을 수 없었다. 메이코와 함께 이노세의 의심을 받아 동요하고 있었다고 해도, 혐의를 벗기 위해 기억술사를 찾고 있을 뿐이라고 하기에는 지금의 나쓰키와 온도차가 심하다는 느낌이 들었다.

(역시 나도 기억을 지우려고 기억술사를 찾고 있었던 걸까?)

이노세한테는 기억술사 같은 건 모른다고 말했지만, 사실은 지우고 싶은 기억이 있어서 이노세 몰래 기억술사를 만나려고 했다. 그렇게 생각하는 편이 딱 들어맞는다. 자신이 기억술사에게 기댈 만큼 절박한 상황이었다는 것은 상상할 수 없지만, 지우고 싶은 기억도 없는데 혼자서 기억술사를 만나러 가는 상황도 전혀 상상할 수 없었다.

어느 쪽이든 자기다운 행동이라고 할 수 없었다. 애초에 자신의 성격을 생각하면 이노세의 말만 듣고 기억술사의 존재를 믿었다고 생각하기도 어려웠다. 하지만 이노세와 이야기했을 때 자신이 상당히 동요했다고 하니, 어쩌면 그 시점에 뭔가 짚이는 데가 있었을지도 모른다. 지금에 와서는 확인할 방법도 없지만.

만약 나쓰키가 기억을 지우기 위해 먼저 나서서 기억술사에게 접촉한 거라면 그건 어떤 기억이었을까. 나쓰키가 지금 그것을 기억하지 못한다는 것은 기억술사가 나쓰키의 바람을 들어줬다는 말일 것이다.

"마키 신이치로는 무죄야. 마리야 슈가 기억술사를 만난 8월경에 그는 일본에 없었어. 마침 해외에서 연수 중이었거든."

자신이 만든 '용의자 리스트' 속 이름을 두 줄로 그으며 이노세가 말했다. 나쓰키는 스마트폰 화면을 테이블에 엎어놓고 얼굴을 들었다.

"마키 선생님을 의심한 거예요? 중학교 때 잠깐 교생으로 온 것뿐인데."

"각각의 사건 당시에 학생 말고 S 중과 K 여고 양쪽에 소속되어 있던 건 그 사람뿐이니까. 그 사람이 제외된 이상 이제 학생들 쪽이 더 수상해졌지만."

마리야 슈가 기억술사를 만난 것은 작년 8월이었다. 즉, 나쓰키나 메이코의 알리바이는 사라졌다. 그 무렵은 여름방학이었기 때문에 알리바이가 없는 게 당연하다. 나쓰키와 메이코뿐만 아니라 예전에 S 중학교에 다녔고 지금은 K 여대 부속고등학교에 다니고 있는 학생 몇 몇이 아직도 용의자인 셈이다.

마리야는 기억술사가 여자였던 것 같다고 했다. 마리야

의 연인으로 착각할 정도라면 젊은 여성일 것이다. 리나도 같은 말을 했으니까 이것은 틀림없는 정보라고 생각해도 좋을 것이다. 그래서 이노세는 기억술사가 K 여대 부속고 등학교에 다니는 학생 중 한 명이라고 확신을 굳힌 것 같았다.

그리고 그중에서도 특히 메이코를 의심하고 있었다. 나쓰키도 어렴풋이 그것을 느끼고 있었다. 나쓰키는 감이 예리한 편은 아니지만 그럼에도 최근 이 개월 사이에 깨달았다. 이노세는 여자애가 같이 있는 편이 상대방의 경계심을 무너뜨린다며, 실제로 기억이 사라진 '피해자'가 동행하는 편이 설득력이 있다며 아무 도움도 되지 않는 나쓰키를 데리고 다녔다. 그런 식으로 리나나 마리야를 대면시킨 것도, 기억술사에 대해 교육시켜 그 행동의 옳고 그름에 대해 생각하게 만든 것도 다 목적이 있어서 한 행동이었다.

그리고 그 목적은 하나밖에 없다. 나쓰키를 데리고 다닐 구실이 필요했던 게 아니라, 이노세는 진심으로 메이코가 기억술사라고 의심하고 있었다. 나쓰키를 이용해 그것을 확인하려고 하는 것이다. 그리고 메이코가 기억술사라면 나쓰키에게 설득시킬 생각인 것이다. 그것을 기대하고 나쓰키를 '교육'시키고 있었다.

(메이코일 리 없는데.)

나쓰키는 자신과 메이코가 의심을 받게 된 원인인 사 년 전 사건에 대해 생각했다. 자신과 메이코의 기억이 왜 지워졌는지를.

사에의 비밀과 관련된 기억이 지워졌다는 것은 안다. 하지만 빵집 점원의 기억이 사라진 날, 즉 '사건' 당일의 행적과 관련된 자신들의 기억이 지워졌다는 것이 신경 쓰였다. 기억술사의 정체와 관련된 무언가를 목격한 것일까. 거기에 힌트가 있을 것 같은 느낌이 들었지만 이노세에게 말하기는 망설여졌다.

어쩌면 사 년 전에도 조사를 했다는 이노세는 진작부터 알고 있으면서도 말하지 않는 걸지도 모른다.

"꼭 학생이라고 할 수는 없잖아요. 그 가족들도 모퉁이 빵집에서 빵을 살 수 있었을 테니까."

통학로에 있는 카페 안은 조용했다. 고등학생에게는 부담스러운 가격대이기 때문에 여고생들이 자주 다니는 길에 있어도 평일에는 손님이 적었다. 오늘은 특히 그랬다. 점원도 잘 오지 않기 때문에 목소리를 낮추지 않고 이야기할 수 있었다.

"이제 그만해요. 왠지 더 이상 파고들지 않는 편이 좋을 것 같아요. 기억술사를 찾아내서 기억을 되돌릴 수 있다면 찾는 의미가 있겠지만……. 한번 사라진 기억은 돌아오지 않는다면 찾더라도 나나 아저씨한테는 아무런 이득이 없다고요."

이노세가 지인의 기억을 되찾기 위해 움직이는 게 아니라는 것을 알면서도 일부러 그렇게 말했다. 기억술사의 정체를 폭로한다고 해서 누군가 이득을 보는 것도 아니다. 이노세는 미래에 기억이 지워질 누군가를 구할 수 있다고 생각할지도 모르겠지만 나쓰키는 쓸데없는 참견이라고 생각했다.

"기억술사를 내버려두는 것에 대해 너는 아무런 거부감도 없어?"

"계속 기억상실자가 나온다거나 하면 위기감을 가질지도 모르겠지만 기억술사가 그렇게 정력적으로 활동하고 있는 건 아닌 것 같아요. 몇 년에 한 번, 불쑥 나타날 뿐이잖아요. 리나 선배의 기억을 지운 게 작년 봄쯤이고……. 아, 맞다. 내 기억을 지운 게 가을……. 하지만 리나 선배 전에 기억이 지워진 사람이 나온 것은 사 년도 더 전이고. 그 전의 사건과도 몇 년이나 간격이 있잖아요."

테이블에는 커피와 코코아 잔만 놓여 있었다. 이노세에

게 불려 나왔을 때 들떠서 케이크나 디저트 플레이트를 주문한 것은 처음 얼마 동안뿐이었다. 호화로운 간식에 낚여 조사에 협조하게 됐을 때는 별로 깊게 생각하지 않았지만 지금은 오히려 이노세를 막고 싶다고 생각한다. 그럴 수 없다면 적어도 더 이상은 관여하고 싶지 않았다. 이노세가 말하는 게 옳은지 그른지와는 별개의 이야기다.

"마리야 씨의 의뢰를 받아들이지 않았다는 것은 기억술사가 아무나 막 기억을 지워주는 건 아니라는 뜻이잖아요. 의뢰가 없으면 지우지 않고 의뢰를 받아도 그 내용에 따라서는 지우지 않는다는 얘기니까 생각보다 안전하다고요."

기억술사를 쫓다가 기억을 잃었다는 이노세의 지인을 자업자득이라고 할 생각은 없다. 하지만 기억술사에게 기억을 지워달라고 의뢰하거나, 기억술사의 정체를 밝힐 목적으로 자신이 먼저 접근하지만 않으면 기억이 지워지는 일은 없을 것이다.

예전의 자신도 게시판의 로그를 보면 자신이 먼저 기억술사에게 접촉한 것 같았다. 기억술사에 대한 공포나 원한이 없는 것은 당시의 자신이 기억이 지워지는 것에 대해 이해하고 있었기 때문은 아닐까. 이노세는 그런 것까지 기억술사에 의해 지워졌을 뿐이라고 말할지도 모른다.

"아저씨는 위험하다고 하지만, 역시 자신이 먼저 접근하지 않으면 기억술사는 그렇게 위험하지 않다고 생각해요."

기억술사에게는 특수한 능력이 있다. 그럴 마음이 들면 얼마든지 악용할 수 있다. 그런 의미에서는 위험한 능력일지도 모른다. 하지만 잠재적인 위험이 있다고 해서 구체적으로 뭘 한 것도 아닌 현 시점에 기억술사를 위험인물로 보는 것에는 의문이 들었다.

기억술사가 인간사회에 섞여 든 짐승 같은 것이라고 해도 평소에는 사람에게 해를 끼치지 않는 얌전한 짐승이다. 인간과 공존하고 있다. 정체를 폭로하고 몰아붙이지만 않으면 아무도 다치지 않을 것이다. 무슨 일이 일어난 다음에는 늦고 만다는 이노세의 의견도 모르는 건 아니지만 역시 이해가 가지 않았다.

"기억술사가 하고 있는 일이 그렇게 나쁜 일이라고 생각되지 않아요. 나는 지금 지우고 싶은 기억이 없어서 잘 모르겠지만 기억을 지우고 싶은 사람에게는 정말 구세주 같은 걸지도 모르고."

사에를 떠올리며 말했다. 기억술사가 기억을 지우고 싶어 하는 사람 앞에만 나타나는 존재라면 관계없는 사람이 흠을 잡을 상황은 아니라는 생각이 들었다.

"지우고 싶은 기억이 없다는 건 네가 원하지도 않았는데 기억술사가 네 기억을 지웠다는 뜻이기도 해."

"기억하지 못할 뿐이지 그 당시 나에게는 지우고 싶은 기억이 있었는지도 몰라요."

"그럼, 사 년 전에는?"

"……그건, 지워야 할 기억이었을 거예요. 분명."

사 년 전의 사에처럼 기억술사에게 구원받은 사람도 분명히 있다. 기억술사가 아니면 구할 수 없었던 사람이. 나쓰키는 사에의 바람을 이루기 위해 자신의 기억까지 지워진 것을 원망하지 않았다. 대를 위해 소가 희생하는 것이 맞는다.

기억술사의 능력은 분명 돌이킬 수 없는 것이다. 거기에 휘말려서 원치 않게 기억을 잃거나 잊히는 사람이 몇 명이나 나올지도 모른다. 잊힌 쪽인 이노세의 입장에서 보면 기억술사는 막아야 할 존재라는 것도 안다. 그래도 한편에서는 구원받는 사람도 있기 때문에 연루되는 사람들을 없애기 위해 기억술사를 막아야 한다는 결론에 전적으로 동의할 수는 없다.

하지만 이노세의 생각은 변하지 않을 것 같다.

"개별적인 기억을 지워야 할지, 말지의 문제가 아니야.

내가 두려워하는 것은 어떤 이유가 있는지는 몰라도 기억술사가 본인의 의뢰나 동의도 없이 기억을 지우는 일이 있다는 거야."

그렇게 말하고 이노세는 리스트와 펜을 내려놓고 커피잔을 끌어당겼다.

"그렇게 하는 게 옳다고 생각되면 기억술사는 그렇게 할 거야. 그것을 정의라고 믿고 말이지. 기억술사는 그걸 할 수 있는 능력이 있어. 그리고 아무도 그것을 막지 않아. 그건 무서운 일이라고 생각하지 않아?"

다정하고 정중하게 타이르는 듯한 말투. 그는 어른이고 신문기자인 데다 기억술사에 대해 몇 년이나 생각하고 조사를 계속해온 사람이었다. 자신이 그를 설득할 수 있으리라고는 전혀 기대도 하지 않았고 오히려 반론하리라는 예상도 하고 있었다.

예상은 하고 있었지만 나쓰키는 반사적으로 경계심이 들었다.

다른 의견을 갖고 있다고 해서 비난받을 거라고는 생각하지 않는다. 잘못됐다고 지적받는 것이 두려운 것도 아니다. 다만 이노세의 주장이 옳다고 믿어버리면 도망칠 수 없게 될 것 같은 느낌이 들었다.

"기억술사가 반드시 성인군자 같은 사람이라고는 할 수 없어. 그렇다고 해서 나쁜 사람이라고 하는 건 아니야. 오히려 남들만큼 정의감이 있고 친절한 보통 사람이라고 생각해야 할 거야. 하지만 평범한 사람에게 기억을 지우는 능력이 있다면, 나는 그것 역시 무서운 일이라고 생각해."

가만히 있는 나쓰키를 보며 이노세는 눈매를 누그러뜨렸다. 네 의견을 부정하는 건 아니라고 안심시키듯이.

"정의감이 강하고 친절한 보통 사람은 눈앞에 곤란한 사람이 있으면 도와주고 싶다고 생각할 거야. 좋아하는 사람이 원하면 그 바람을 들어주고 싶다고 생각하는 건 자연스러운 일이지. 자신이 그걸 할 수 있다면, 자신밖에 할 수 있는 사람이 없다면 더더욱."

침착하고 조용하게, 평소 그의 말투다. 몇 년 동안이나 몇 번이나 반복해서 생각하고 말해왔기 때문인지 망설임도 없다. 나쓰키를 설득하려는 절박함도 없었다. 너도 사실은 알고 있잖아. 그렇게 말하는 듯한 느낌이 들었다.

"분명 기억술사는 마리야 슈의 의뢰를 받아들이지 않았어. 기억술사한테도 기준이 있어서 간단히 기억을 지우는 건 아니겠지. 하지만 다시 시작하고 싶은 과거의 기억을 남들의 머릿속에서 지우고 싶어 하는 게 자신의 소중한 친구나 애인, 가족이라면 어떨까. 나아가 자기 자신이라면? 상대가 누구든 공평하게 판단할 수 있을까? 내 입장에서 보면 가타야마 리나의 의뢰도 마리야 슈와 크게 다르지 않을 거라는 느낌이 들어. 하지만 기억술사가 그녀에게 공감하거나 동정한 이유가 있었을 거야. 인기 모델인 그녀에게 좋은 감정이 있었던 걸지도 모르지. 즉, 지울지 말지는 기억술사가 주관적으로 결정한다는 거야."

거기에 대해서는 나쓰키도 생각한 적이 있었다. 반론할 도리가 없다. 하나하나 도망갈 길이 틀어막히는 듯한 느낌이 들었다.

"지우고 싶다, 지워주고 싶다고 생각해도 사적인 감정은 억누르고 기억을 지워야만 하는 사람의 의뢰만 받는다……. 그런 일을 보통 사람이 할 수 있을까? 물론 공평하게 판단할 생각이었는데 그러지 못해서 잘못을 저지를 가능성도 크지만, 그 이전의 문제로."

"……."

"알기 쉽게 내 경우로 바꿔볼게. 기억을 지우는 것 외에 해결 방법이 없는 건 아니지만 누군가의 기억을 지워버리고 싶어. 그게 나한테 가장 편하니까. 예를 들어, 그런 상황이 됐을 때 나는 단념할 자신이 없어. 넌 어때?"

아무 말도 할 수 없었다. 나쓰키의 답을 알고 있을 텐데도 이노세는 가차 없이 말을 이었다.

"자기 마음대로 남의 기억을 지울 수 있다면 몇 번이든 다시 시작할 수 있어. 아주 살짝만 지우면 돼. 물론 다른 사람의 기억을 멋대로 지우는 것은 나쁜 일이야. 하지만 그런 논리만으로 그 유혹에 넘어가지 않으리란 자신이 있어?"

돌이킬 수 없는 잘못을 저지르고 상대방이 그것을 잊어주길 바란다. 한 사람의 기억을 아주 살짝만 지우면 된다. 그것만으로도 다시 시작할 수 있다. 그런 상황에서 자신에게 그럴 수 있는 능력이 있다면, 아무도 모르게 그럴 수 있다면, 그 유혹에 맞서 정의를 관철시킬 수 있다고는 거짓말로라도 장담하기 어렵다.

분명 누구나 다 그럴 것이다. 뭐가 옳고 그른지 누구나 틀리는 경우가 있다. 그리고 옳지 않다는 것을 알고 있지만 그렇게 해버리는 경우도 있다. 옳은 일만을 위해 능력을 사용하는 것이 가능할 리 없다. 아무리 우등생이라도, 이성적이고 고결한 인간이라도, 설령 정의의 히어로라도.

"친절함이나 정의감으로 시작한 일이라도 언젠가 반드시 잘못은 발생해. 성인군자라도 되지 않는 한 의지력으로 옳은 일만 한다는 것은 불가능해."

그렇게 말하고 이노세는 커피 잔을 든 채 시선을 창밖으로 향했다. 나쓰키도 따라서 그쪽을 보았다.

깜짝 놀랐다. 가게 앞 도로 건너편에 교복 차림의 메이코가 서 있었다.

(왜?)

이노세는 딱히 놀란 것 같지 않았다. 그러고 보니 위원회가 끝나고 마침 메이코가 지나갈 무렵이었다. 그 전까지는 돌아갈 생각이었는데. 이노세는 메이코가 지나갈 것을 예측하고 있었는지도 모른다.

"옳은 일이라고 판단하는 과정에서 틀릴지도 모르고, 옳지 않다는 것을 알지만 사적인 감정으로 능력을 써버리는 경우도 있을지 몰라. 어느 쪽이든 능력을 쓰면 쓴 만큼 잘못을 저지를 가능성은 높아져. 그리고 그 잘못은 돌이킬 수 없어. 잘못을 깨닫거나 누군가에게 그 사실이 알려져 그것을 감추기 위해 또 능력을 쓴다면 악순환에 빠질 뿐이야."

창밖의 메이코에게 시선을 향한 채 이노세는 말했다.

"능력을 계속 사용하는 것은 그래서 위험한 거야. 주위 사람들에게도, 아마 기억술사 자신에게도. 기억술사가 올바른 마음을 가진 사람일수록 잘못이 발생했을 때 분명 스스로도 심한 상처를 받게 될 테니까."

그리고 마지막으로 나쓰키를 보았다. 지금까지 본 중에 가장 강렬한 눈빛이었다.

"스스로 깨닫지 못하고 있다면 누군가가 막아야 해."

메이코는 걸음을 멈춘 채 가만히 이쪽을 보고 있었다. 나쓰키는 코트와 가방을 쥐고 일어섰다.

메이코는 추운 날씨에도 그 자리에서 움직이지 않고 기다리고 있었다. 나쓰키가 가게에서 나와 달려오자 걱정스럽게 "괜찮아?"라고 말을 걸어왔다. 코트를 입지 않은 것을 말하는 건지, 같이 있던 이노세를 두고 나온 것을 말하는 건지 모른 채 "응?" 하고 물었다.

"왠지 안색이 좋지 않은 것 같아서."

"⋯⋯괜찮아. 위원회는 끝났어?"

나쓰키는 추워서 서둘러 코트를 입고 머플러를 둘렀다. 메이코가 가방을 들고 기다려주었다. 다 껴입고 나서 "고마워" 하고 가방을 받아 들었다. 메이코의 눈길은 가게 쪽의 이노세에게 향해 있었다.

"저 사람, 전에 봤던 사람이지? 학교 앞에 있었던."

"응, 기자라는데…… 이 주변에서 일어난 사건에 대해 조사하고 있다나 봐. 거기에 관해서 이것저것 물어본 것뿐이야."

"가자"하고 재촉하며 나쓰키는 걷기 시작했다. 메이코에게 변명을 하지 않으면 안 될 것 같은 느낌이 들어서 서둘러 뛰쳐나왔지만 뭘 어떻게 말해야 좋을지 몰랐다. 아직 생각이 정리되지 않았다.

메이코를 의심하고 있는 이노세와 같이 다녔던 것에 대해 떳떳하지 못한 마음도 있었다. 물론 자신의 생각은 다르다고 묻기 전부터 변명을 하는 것도 부자연스러운 느낌이 들었다. 결국 아무 말도 꺼낼 수 없었다.

"사건이라니?"

"……사 년 전에 모퉁이 빵집의 점원이 기억상실에 걸린 일이 있었잖아. 그 사건인가 봐."

나쓰키가 메이코는 정의감이 강하다고 말했기 때문에 이노세가 가진 기억술사의 이미지에 우연히 겹쳐버린 걸지도 모른다. 하지만 객관적으로 특별히 메이코를 의심할 근거는 없을 것이다. 메이코가 기억술사에 관한 이야기를 했다거나 의심스러운 행동을 한 적도 없다.

나쓰키가 확인한 다음 역시 아니라고 이노세에게 보고

하면 된다. 그러면 메이코도 나쓰키도 해방될 것이다. 하지만 어떻게 말을 꺼내야 할지 모르겠다. 가볍게 묻지 못한다는 것은 자신도 마음속 어딘가에서 어쩌면 메이코가 기억술사일지 모른다고 생각하고 있다는 것이다. 그 사실을 자각하고 나자 메이코의 얼굴을 볼 수 없었다.

(나도 결국은 메이코를 의심하고 있어.)

기억술사가 자신이 모르는 곳에서 누구의 의뢰를 받든 자신과는 상관없었다. 만에 하나 잘못을 저질러 상처를 받는다 해도 그것은 기억술사로 활동한 대가고, 기억술사에게 의뢰를 한 사람에게도 책임이 있었다. 만약 그로 인해 주위 사람들이 상처를 받는다면 그것은 기억술사와 기억술사에게 의뢰한 누군가가 짊어져야 할 일이지, 타인이 참견할 문제가 아니라고 생각했다. 하지만 만약, 만약에 기억술사가 자신과 가까운 누군가라면.

소중한 친구인 메이코라면 내버려둘 수 없었다. 아니더라도 확인하고 싶었다. '어쩌면'이라는 생각을 남겨둔 채로 지내고 싶지 않았다.

('나 지우고 싶은 기억이 있는데'라든지, '기억을 지우고 싶다는 사람이 있는데'라든지……)

기억술사를 찾고 있다고 말한다. 그런 다음 반응을 살

핀다. 이노세가 나쓰키에게 기대하고 있는 것은 예를 들면 그런 것이리라. 하지만 메이코를 떠보는 듯한 질문 방식에 거부감이 들었다.

"기억술사라고……."

생각이 정리되기도 전에 입 밖으로 나와 버렸다. "어?"라고 되묻는 메이코에게 황급히 "아무것도 아냐"라고 고개를 저었다. 반응을 살핀다니, 그런 식으로 질문하는 것 자체가 메이코에 대한 배신이라는 느낌이 들었다.

자신이 메이코를 의심하고 있다는 것 자체가 싫었다. 만약 메이코가 고민하고 있다면 도움이 되고 싶고, 앞으로 고민하게 될 것 같으면 막아주고 싶다. 분명 그런 마음이지만 그것도 변명 같다는 생각이 들었다.

메이코는 나쓰키를 지그시 바라보며 걱정스럽게 말했다.

"그러고 보니 전에도 그런 이야기를 했어."

가슴이 철렁했다.

"……그랬나?"

리나 선배 이야기를 했을 때를 말하는 건가. 아니면 다른 기회에 이야기한 적이 있었던 걸까. 기억술사에게 기억이 지워지기 전에 메이코에게 상담했다고 해도 전혀 이상하지 않았다. 하지만 "내가 뭐라고 했는데?"라고는 묻지 못했다. 지금 그것을 물으면 기억술사에 관한 것도 전부 말하지 않으면 안 된다. 아직 마주할 준비가 되지 않았다.

"나쓰키, 만약 뭔가 고민이 있는 거라면……."

"미안, 오늘 사촌 언니가 오기로 했어. 갈게."

마침 나쓰키의 집과 메이코의 집으로 나뉘는 갈림길에 와 있었다. 메이코는 멈춰 서서 이야기를 하려는 듯했지만 말을 가로막고 모르는 척 말했다. 메이코를 의심한 것도 메이코에게 비밀이 있다는 것도 양심에 찔려서 빨리 도망치고 싶었다. "그럼, 안녕" 하고는 등을 돌리고 뛰어갔다. 분명 나쓰키의 모습이 부자연스러웠을 텐데 메이코는 아무 말도 하지 않았다.

돌아봐도 메이코가 보이지 않는 곳까지 달려온 다음 스마트폰을 꺼내 이노세에게 전화를 걸었다. 아직 가게에 있었던 건지 한 번에 바로 받았다.

"나, 이제 그만둘래요."

"여보세요"라는 말에 덮어씌우듯이 말했다. 깊게 생각한 것도 아니었다. 그저 충동적으로 전화를 걸었다. 이노세는 무슨 일이냐고 묻지도 않고 차분한 목소리로 "동요하고 있군"이라고 말했다.

"전에도 그런 느낌이었어. 사 개월 전, 기억이 지워지기
전에도."

"기억 안 나요."

"뭐가 두려워?"

"잘 모르겠어요."

반사적으로 대답한 다음에 깨달았다. 그랬다. 두려웠던
것이다. 기억술사를 찾다가 기억이 지워질까 봐 두려웠다.
기억술사와 마주하는 것이 두려웠다. 메이코가 기억술사
라고 생각하지는 않지만 가능성이 아예 없는 건 아니다.
그걸 알고 있기 때문에 확인하는 것도 두렵고 확인한 다음
의 일을 생각하면 더욱 두려웠다.

"기억술사는 상관없는 사람의 기억까지 지우진 않잖아
요. 그렇다면 상관하지 않는 게 가장 좋아요. 이 이상 기
억술사에 대해 탐색하면 나도 위험해질지 몰라요. 난 친
구나 가족에 대한 걸 잊어버리기도 싫고 잊히고 싶지도
않아요."

메이코에게 확인해 그녀가 기억술사가 아니라는 것을
알게 되더라도 앙금이 남을 일은 하고 싶지 않았다. 그리
고 또 하나의 가능성. 확인한 결과 이노세의 가설이 옳았
다면, 만약 메이코가 기억술사고 그 사실을 알아버린 나쓰

키의 기억을 지우려고 한다면. 그런 '만약'은 상상하는 것만으로도 슬펐다.

메이코에게 그런 일을 시키고 싶지 않았다. 이대로 아무것도 모른 채로 있고 싶어서 전화 너머의 이노세에게 가게에서 했던 것과 같은 말을 반복했다.

"이제 그만해요."

"기억술사가 하고 있는 일이 기억술사 본인에게도 좋지 않은 일이라고 한다면 기억술사의 주위 사람들이 막으면 되잖아요. 나와는 상관없는 일이에요."

메이코와도 상관없는 일이다. 그렇게 믿고 싶은 마음을 담아 말했다. 그렇게 생각하고 믿고 싶었다. 할 말을 다 하고 이노세의 반응을 기다렸다.

이노세는 나쓰키가 메이코와 이야기를 했다고 생각하고 있을 것이다. 아니면 가게에서 나온 지 얼마 되지 않았으니까 결국 제대로 이야기하지 못했다는 것을 눈치챘을까.

어느 쪽이든 메이코가 기억술사일 가능성에 대해 나쓰키가 생각하지 않을 리 없다는 것을 알고 있을 것이다. 하지만 그는 대놓고 메이코의 이름을 꺼내지는 않았다. 가미쿠라 메이코가 기억술사라면 그것이 네 역할이지 않느냐고 생각하고 있으면서.

그는 조용히 이렇게만 말했다.

"정말로 너와는 상관없는 일일까, 기억술사가 바로 네 옆에 있을지도 모르는데?"

그렇다면 알고 싶지 않았다.

완전히 지쳐서 집에 도착했다. 현관에서 신발을 벗으면서 "다녀왔습니다" 하고 인사하자, 화장을 하고 머리까지 손질한 엄마가 맞아주었다.

"어서 와, 늦었네."

치장을 다 끝낸 모습을 보고 그제야 오늘은 엄마가 파트타임 근무를 하러 가는 날이라는 것이 생각났다.

"마키가 와 있어. 엄마는 이제 일하러 가야 하니까 마침 잘됐다. 마키가 케이크 사 왔으니까 같이 먹으렴."

마키는 이종사촌 언니다. 다른 지역에 살아서 자주 만나지는 못하지만 어렸을 때는 친척 모임이 있을 때마다 같이 놀아주었다. 신발장 앞에 정돈되어 있는 낯선 신발은 언니 것이었나 보다. 1월에는 바빠서 얼굴을 비치지 못했지만 마침 일 때문에 이쪽에 올 일이 있어서 늦게나마 새해 인사를 하러 오고 싶다고 연락이 왔었다. "일부러 그러지 않아도 되는데"라고 말하면서 엄마도 기뻐했다. 나쓰키도 기대하고 있었다.

"마키, 제대로 대접 못 해서 미안해. 나쓰키 왔으니까 천천히 놀다 가."

엄마는 거실에 한마디 하고 나쓰키에게도 "갔다 올게"라고 말하고 나갔다. 나쓰키는 배웅하고 문단속을 한 다음 가방을 든 채 숨을 내뱉었다.

좋아하는 사촌 언니인데 이렇게 혼란스러운 상태에서 만나야 하다니. 진심으로 웃으며 만날 수 없는 게 안타까웠다. 피곤했지만 정신을 차려야 한다. 적어도 의심은 받지 않도록. 거짓 웃음에는 자신 없었지만 억지로 미소를 띠고 거실로 들어갔다. 나쓰키가 '언니 왔어?'라고 말하기 전에 마키가 소파에서 일어나 말했다.

"어서 와, 나쓰키."

굵게 웨이브 진 머리카락 사이로 동그란 진주 귀걸이가 보였다. 로즈핑크의 부드러운 니트도 잘 어울렸다. 마키는 벌써 사회인이지만 고등학생이나, 기껏해야 대학생 정도로 보였다. 어른 여자라기보다 여자애 같았다.

나쓰키는 "다녀왔어, 어서 와 언니"라고 말하면서 자신도 모르게 어깨에 힘이 빠졌다. 얼굴을 본 것만으로도 무

조건적으로 안심이 된다. 마키는 나쓰키에게 그런 존재였다. 언제든 만날 수 있을 만큼 가까이 살지는 않는다. 하지만 진짜 자매만큼은 가깝지 않은 거리 덕분인지 친구나 부모님한테는 말하기 어려운 일도 마키에게는 말할 수 있었다. 성적이 떨어져서 엄마와 싸운 일, 옆 반 아이의 따돌림, 처음 남자에게 고백받은 일 등등, 들어주는 것만으로도 마음이 조금 가벼워졌다. 그리고 마키는 언제나 적절한 조언을 해주었다.

하지만 아무리 그래도 기억술사에 대한 건 말할 수 없었다. 누군가에게 상담하려는 생각은 한 번도 해보지 않았다. 상담할 수 있을 거라는 생각도 하지 못했던 것이다. 기억술사에 대해 조사한 최근 두 달 동안 마키에 대해서는 떠올리지도 못했다. 그런데 얼굴을 본 순간 울며 매달리고 싶어졌다.

"나쓰키, 잘 지냈어?"

걱정하는 모습이 아닌 지극히 자연스러운 태도로 마키가 물었다.

"전에 만났을 때 조금 기운이 없는 것 같아서 걱정했거든."

당연하다는 듯이 마음 써준 게 효과가 있었는지 콧속이 시큰거렸다. "잘 지내"라고 대답했지만 제대로 웃었는지

어땠는지 모르겠다. 이런 일을 믿어줄 리도 없다. 머리가 어떻게 됐다고 여길 게 뻔하다. 하지만 사실은 누군가에게 말하고 싶었다.

"그 타이츠 따뜻하지? 나도 고등학생 때 자주 신었는데."

마키가 교복 치마 아래로 뻗은 타이츠에 감싸인 나쓰키의 다리를 보고 말했다.

"역시 이쪽이 훨씬 나아. 이렇게 예쁜 다린데 체육복으로 가리는 건 아까워."

기쁜 듯이 칭찬해주는 마키에게 "응, 따뜻해, 고마워"라고 답하고 나서 고개를 숙였다. 이 타이츠는 마키에게 받은 것이었나 보다. 그러고 보니 메이코가 그런 말을 한 것이 떠올랐다.

나쓰키는 타이츠를 받았을 때의 기억이 없다. 타이츠에 관한 기억을 일부러 지울 이유가 없으므로 분명 마키에게 타이츠를 받았던 시기와 기억술사와 접촉했던 시기가 겹쳐서 그때의 기억도 함께 지워졌을 것이다. 그렇게 지워져버린, 아무것도 아닌 작은 기억이 얼마나 될까.

분명 나쓰키뿐만 아니라 기억술사에게 기억이 지워진 사람들 모두 그럴 것이다. 그중에는 하찮아 보여도 본인에게는 소중한 기억이 있었을지도 모른다. 그런 걸 생각했다.

"……미안. 사실은 나 기억이 안 나. 언니가 이 타이즈를 줬던 거."

"응?"

메이코에게 사실을 말하지 못해서 도망쳐 왔다. 마키에게까지 거짓말을 하고 싶지는 않아서 고백했다. 누군가에게 말하고 싶었다.

(답을 주지 않아도 좋으니까 믿어줘.)

말하지 않는 편이 낫다는 것은 잘 알고 있다. 위험부담이 크다. 그럼에도 지금은 혼자서 끌어안고 싶지 않다. 아마 의아해하는 얼굴을 하겠지, 그런 다음 분명 농담이라고 여길 거야. 그리고 진심이라는 것을 알게 되면 걱정하겠지. 끝까지 믿어주지 않을지도 몰라.

고개를 숙이고 눈물을 닦았다. 떨리는 목소리로 물었다.

"마키 언니…… 기억술사라고 알아?"

마키는 눈썹을 살짝 내리며 웃는 얼굴로 대답했다.

"알아."

마지막 에피소드

고백

마키와 둘이서 홍차를 내리고 선물로 사 온 치즈 케이크를 먹었다. 달콤함과 따뜻함의 효과로 기분이 점점 차분해졌다. 감정이 고조되어 눈물을 글썽거린 것이 조금 창피하게 느껴져 슬쩍 곁눈질로 마키를 보았다. 마키는 천천히 케이크를 먹으면서 나쓰키가 먼저 말을 꺼내기를 기다리는 것 같았다.

"언니는 어떻게 알고 있어? 기억술사 이야기."

뭐부터 이야기해야 좋을지 고민하다 먼저 물어보았다. 마키는 포크로 치즈 케이크를 자르면서 답했다.

"내가 고등학생 때는 꽤 유행했어. 일시적이었지만. 게다가 너, 전에 만났을 때도 그 이야기 했어."

고개를 살짝 기울이며 가르쳐준다.

"……그랬어?"

마키를 전에 만났던 게 언제였을까. 나쓰키의 기억으로는 반년도 더 됐다. 추석 때 할아버지 산소에 성묘하러 가서 만난 것이 마지막이다. 하지만 그 후에도 만났을 것이다. 타이츠를 팔기 시작할 때쯤, 아마도 가을 끝 무렵. 나쓰키가 잊고 있을 뿐.

"나 언니한테 어디까지 이야기했어? 이야기한 것도 타이츠를 받은 것도 기억이 안 나. ……믿지 않을 수도 있지만 정말로 기억이 없어."

이야기가 너무 심각해지지 않도록 케이크와 홍차가 있는 것이 고마웠다. 사 년 전처럼 뇌 검사를 하러 병원에 가자는 말을 듣지 않도록 마키의 안색을 살피면서 이야기를 이어갔다. 너무 심각하게 생각하는 것처럼 보이지 않도록 주의했다.

"그게 기억술사 때문이라고 어떤 사람이 가르쳐줬어. 나도 그렇다고 생각해. 내가 인터넷 게시판에서 기억술사를 찾고 있었던 것 같아……. 그것도 기억나지 않지만."

황당무계한 이야기를 하고 있다는 건 자각하고 있다. 하지만 마키는 잠자코 들어주고 있다. 믿는다고 말하지 않아도 진지하게 들어주고 있는 것이 전해져서 안심했다. 적어도 나쓰키가 농담으로 말하는 건 아니라는 것을 알아주는 것 같았다.

"잊어버렸다는 게, 기억이 없다는 게 무서워. 그동안 실감하지 못했는데 이렇게 생각해보고 나서야 조금 알았어. 그래도 역시 기억술사 자체가 무섭다는 생각은 들지 않지만."

자신의 기억이 사라졌다는 것은 알고 있었지만 지적받기 전까지는 뭘 잊고 있었는지도 몰랐다. 하찮은 기억이었을 거라고 생각했다. 그래서 자신이 피해자라는 의식이 없었다. 이노세에게 기억술사가 위험하다는 말을 들어도 와닿지 않았던 건 그 때문이었다.

"사에를 도와준 사람이라는 인상이 강했으니까. 기억술사는 평범한 사람은 해결하지 못하는 일을 해결해주는 정의의 히어로 같은 이미지였어. 기억술사는 사람을 돕기 위해 기억을 지워주는 거라고. 그러니까 의미 없이 기억을 지우거나 하지는 않을 거라고 안심해왔어. 근거도 없는데."

홍차를 한 모금 마시고 컵을 내려놓았다.

"하지만 기억술사도 사람이잖아."

입 밖으로 꺼내니 이해가 되는 것 같은 느낌이 들었다.

"좋은 일을 할 생각으로 행동해도 사람이니까 실패하는 경우도 있겠지. 그러면 우리처럼 고민도 하고 그럴까."

"……할 거야."

예기치 않게 대답을 들어서 저도 모르게 마키를 보았다. 마키는 살짝 미소 지으며 나쓰키를 보고 "분명"이라고 말했다. 나쓰키의 이야기를 제대로 들어주고 있다. 기억술사의 존재를 전제로 이야기를 들어주고 있다. 등을 떠밀어주는 느낌이 들어 나쓰키는 고개를 끄덕이고 입을 열었다.

"기억술사의 정체를 밝혀내려는 사람이 있는데. 그 사람은 기억술사도 잘못은 저지른다고, 하지만 그 잘못은 돌이킬 수 없으니까 기억을 지우는 것은 그만둬야 한다고 했어. 그리고 기억술사도 사람이니까 실패하면 상처받고 후회할 거라면서…… 기억술사 자신을 위해서라도 그만둬야 한대. 누군가 막아야 한다고 했어. 그런 표현을 쓴 건 내 협조를 끌어내기 위해서라고 생각하지만."

거기서 한 번 말을 끊었다. 잠깐 망설였지만 어차피 말하기로 한 이상 전부 다 털어놓자고 결심했다.

"그 사람은 내 친구가 기억술사일지도 모른다고 의심하고 있거든."

마키는 접시에 포크를 내려놓고 나쓰키를 보았다.

"소꿉친구 메이코?"

고개를 끄덕였다. 메이코에 대해서는 마키에게도 여러 번 이야기한 적이 있다.

"만약 메이코가 기억술사라면 내가 설득해주길 바라는 것 같아. 그래서 나를 같은 편으로 만들고 싶어 한달까……. 자기랑 같은 생각을 하길 바라는 것 같아."

나쓰키와 메이코가 반대 입장이었다면 어쩌면 메이코는 이노세에게 협조했을지도 모른다. 만약 나쓰키가 잘 알지도 못하는 누군가 때문에 언제 어디서 상처를 받을지 알 수 없는 상황이라면, 메이코는 나쓰키를 위해 이노세와 함께 기억술사를 찾으려고 할 것이다.

나쓰키는 메이코와는 다르다. 정의감만으로는 움직일 수 없다. 하지만 어딘가에 있는 누군가가 아닌 메이코가 상처를 받을지도 모른다는 말을 들으면 상관없는 일이라고 단호하게 거절할 수 없었다.

"나는 메이코는 기억술사가 아니라고 생각해. 그래서 그것을 증명하기 위해 협조했던 것도 있어……."

'어쩌면'이라는 마음이 전혀 없었던 것은 아니다. 기억술사가 자신이 모르는 누군가라면 모른 채로 살고 싶었다.

하지만 메이코일지도 모른다고 한번 의심해버리자 아주 작은 의혹도 그냥 둘 수가 없었다. 만약 정말로 메이코가 기억술사고 자신의 행동의 위험성을 모르고 있다면 그것을 가르쳐주는 것은 이노세가 아닌 자신이 해야 할 일이라고 생각했다.

"나랑 그 사람은 기억술사에 대한 사고방식이 조금 다른 것 같아. 아, 그 사람은 이노세 씨라고 하는 기잔데…… 다른 사람의 기억을 지우는 일은 반드시 막아야 한다고 생각해. 기억술사는 정의를 실천할 생각으로 행동하고, 실제로 정의를 실천하고 있을지도 모르지만, 그렇다고 해서 내버려두는 건 좋지 않다고 했어. 기억을 지우는 게 능사는 아니라고. 현실을 받아들인 다음 스스로 극복한다든지 하는 식으로 올바른 해결 방법을 제대로 생각해야 한다면서."

그가 한 말은 옳다. 하지만 이해는 해도 동의는 할 수 없었다.

"만약 나에게 다른 사람의 기억을 지우는 능력이 있다고 하면, 사람들의 의뢰를 받거나 적극적으로 곤경에 빠진 사람을 도와줄지 어떨지는 모르겠어……. 하지만 친구가 힘들어한다면 분명 도와줄 거야. 스스로 극복해야 할 문제니까 도와주면 안 된다고는 생각하지 않을 거야. 도와줄

수 있는 상대를 도와주는 게 나쁜 일이라고는 생각하지
않아."

옳지 않다고 해도. 사람이 늘 옳을 수는 없다. 마주해야
한다는 것을 알고 있지만 도망치고 싶을 때도 있다. 그럴
때 그 사람에게 손을 내미는 것이 나쁜 일이라고 생각할
수는 없었다. 오히려 공감할 수 있는 감정이었다.

"그러니까 기억술사가 하고 있는 일이 잘못됐다거나 막
아야 한다는 식으로는 생각할 수 없어. 하지만 그 사람이
위험하다고 말한 의미도 조금 알 것 같은 느낌이 들어."

기억술사가 나쁘다는 것은 아니라고 이노세도 반복해서
말했다. 기억술사를 위해서라도 막아야 한다고 말한 것은
나쓰키를 설득하기 위한 방편이었을지도 모르지만, 적어
도 나쓰키에게는 효과적이었다.

"한번 지워진 기억은 돌아오지 않는대. 그건 무서운 일
이잖아. 잘못해도 돌이킬 수 없어. 의뢰하는 사람한테도
기억술사한테도 굉장히 무서운 일이야. 기억은 혼자서 만
드는 게 아니니까 주위 사람한테도 영향을 미칠 거야. 누
군가가 크게 상처받을지도 몰라. 하지만 나중에 그것을 깨
달아도 어쩔 도리가 없어."

절반쯤 줄어든, 그래도 충분히 따뜻한 컵을 양손으로 감

싸고 얇은 테두리를 엄지로 덧그렸다. 손님이 왔을 때만 사용하는 꽃무늬 컵 세트는 평소 사용하는 컵보다 섬세해 힘 조절을 잘못하면 쨍그랑 깨져버릴 것 같았다.

생각을 하면서 천천히 말했다.

"만약 기억술사가 그걸 깨닫지 못하고 있다면…… 아마도 깨닫지 못하고 있을 거라고 생각하니까, 만나서 이야기해보자는 이노세 씨의 생각은 알 것 같아. 아니, 옳다고 생각해. 비난하기 위한 게 아니라 경고라고 할까, 아무도 상처받지 않도록 주의를 주기 위한 거라면."

그걸 위해서라면 협조해도 좋다. 하지만 옳은 일을 위해서라도 자신이 위험을 무릅쓰고 싶지는 않았다. 예를 들면 기억술사를 화나게 해서 기억이 지워져버릴 수도 있고. 그렇게 될 바에는 아무것도 하고 싶지 않다. 그런 위험부담을 떠안으면서까지 어딘가의 누군지도 모르는 사람을 위해 움직이고 싶지는 않다. 그것이 나쓰키의 솔직한 마음이었다. 제멋대로지만 그게 자신이었다.

(하지만 만약 메이코가 기억술사라면.)

메이코가 상처받지 않을 수 있다면 어떤 위험부담도 짊어질 수 있었다. 말하는 사이 조금씩 자신의 생각이 분명해지는 느낌이 들었다.

"만약에 말이야, 너랑 가까운 사람이 기억술사라면 넌 어떻게 할 거야? 예를 들면 이노세 씨가 말한 것처럼 메이 코라면."

나쓰키가 누구를 생각하고 있는지 다 안다는 듯이 마키 가 말했다. 나쓰키의 시선이 허공을 맴돌았다. 메이코일 리 없다고 입으로는 반복해서 부정하고 있다. 정말로 그렇 게 믿고 있었는데 어느 순간부터 자신을 타이르는 것처럼 되어버렸다. 사실은 그 가능성이 계속 머릿속 어딘가에 있 었던 것이다. 다만 그 가능성에 대해 깊게 생각하는 것은 메이코를 배신하는 것 같은 느낌이 들어서 지금까지 피해 왔다.

"메이코는…… 뭘 감추거나 거짓말하는 걸 싫어하니까 나한테 거짓말한다는 건 도저히 상상할 수 없지만……."

말을 얼버무리는 나쓰키에게 마키는 미소를 지어 보이 며 컵에 입을 댔다.

"만약의 이야기야, 아무리 친한 사이라도 말할 수 없는 게 있어. 알리고 싶지 않은 일을 일부러 말하지는 않겠지. 미움받고 싶지 않으니까."

그 마음은 나쓰키도 이해할 수 있었다. 하지만 미움받지 않기 위한 비밀이라도 죄책감은 있을 것이다. 만약 메이코가 나쓰키에게 엄청난 비밀을 감추고 있다면 그녀도 분명 같은 생각을 할 것이다.

"내가 메이코를 싫어하게 될 일은 절대 없어."

"응. 하지만 메이코는 그렇게까지 자신감이 없을지도 몰라."

나쓰키의 말을 무엇 하나 부정하지 않으면서도 마키는 부드럽게 말을 이었다.

"한번 거짓말을 해버리면 그것을 감추기 위해 또 다른 거짓말을 하게 돼. 거짓말을 한 것 자체가 마음의 짐이 돼서 새로운 비밀이 생기고……. 소중한 사람이기 때문에 더더욱 사실대로 말할 수 없는 경우도 있어. 그 사람을 믿지 않는 건 아니야. 하지만 믿는 것 이상으로 잃는 것이 두려운 사람이니까."

컵을 가만히 받침 위에 내려놓고 눈을 내리깔자 볼에 속눈썹 그림자가 진다.

"사실을 말했을 때 경멸을 당할까 봐, 아니면 상대가 상처를 입을까 봐 두려운 거야. 물론 가정이지만……. 나는 알 것 같아. 넌 어떻게 생각해? 지켜줘야 한다고 생각했던 소꿉친구가 사실은 너 모르게 비밀을 잔뜩 만들고 거짓말을 하고 네가 모르는 사이에 네 기억을 지웠다면. 배신당했다는 생각에 화나지 않겠어? 화를 내고 실망하는 게 당연하다는 것을 알기 때문에 말할 수 없는 거야."

가정이라고 말하면서도 마키는 시선을 떨구고 나쓰키가 본 적 없는 표정을 짓고 있었다. 마치 자신이 비밀을 안고 있는 것처럼 불안한, 하지만 왠지 체념한 것 같은 모습이었다. 메이코가 그런 표정을 짓는다면 분명 화가 날 것 같았다. 그게 자신에게 말하지 못했기 때문이라고 한다면 더욱 그럴 것 같았다.

"그야…… 그야 당연히 화가 날 거야. 왜 미리 얘기하지 않았느냐고, 화낼 거야."

그래서 생각한 대로 말했다. 메이코가 자신에게 거짓말을 한다니, 그것을 감추기 위해 또 다른 거짓말을 한다니, 상상조차 할 수 없었다. 하지만 메이코가 그럴 수밖에 없었다면 거기에는 이유가 있었을 것이다. 만약 잘못했다고 해도 무척 후회하고 있을 것이다.

메이코가 거짓말을 했다고 해도 절대로 싫어지지 않을 것이다. 하지만 싫어하지 않는다고 해서 화가 나지 않는 건 아니다. 힘든 일이 있으면 언제든 이야기를 들어줄 텐데, 자신에게 의지하지 않는 메이코에게 화가 나는 건 당연하다.

"비밀을 안고 있느라 힘들었을 텐데, 혼자서 끌어안고 뭐 하는 거냐고 화낼 거야. 그건 메이코가 나빠."

"화를 내긴 내는 거구나."

마키는 살짝 웃으며 나쓰키를 보았다. 아까의 덧없는 공기는 사라지고 평소의 다정하고 믿음직한 언니의 얼굴로 돌아와 있었다.

"네가 메이코를 믿고 싶어 하는 마음은 잘 알겠어. 하지만 본인에게 확인한다고 해서 믿지 않는 건 아니라고 생각해. 기억술사일지도 모른다고 생각하면서 같이 있는 것보다 한 번 제대로 이야기를 하는 게 좋지 않을까."

"그렇겠지. 제대로 이야기해서 기억술사가 아니라는 게 확실해지면 마음도 가벼워질 테고."

믿으니까 안 물어보는 게 아니라 믿으니까 확실히 물어보고 확인한다. 앞으로도 계속 메이코와 친구로 지내기 위해서는 그럴 필요가 있을 것 같았다. 고개를 끄덕이는 나쓰키에게 마키는 미소를 지어 보이고 시선을 고정한 채 다짐을 받았다.

"응. 하지만 또 한 가지의 가능성에 대해서도 생각해두지 않으면 안 돼."

또 한 가지의 가능성. 만약 메이코가 기억술사라면.

"메이코가 기억술사고 네가 그 사실을 알았을 때, 메이코가 어떻게 할지는 모르겠지만 네가 어떻게 할지는 네가 정해야 할 일이야."

마키는 부드럽게 타이르듯이 나쓰키의 눈을 보며 말했다.

"기억술사냐고 물었을 때, 메이코가 부정하면 어떻게 할 건지, 만약 긍정하면 그때는 어떻게 할 건지. 메이코를 만나러 갈 생각이라면 확실히 생각을 정리하고 결정한 다음에 가는 게 좋아. 어떤 결과가 나와도 흔들리지 않도록."

"메이코가 기억술사라면……."

생각하지 않으려고 했다. 가정이든 뭐든 그렇게 생각하는 것 자체가 미안한 마음이 들었다. 하지만 지금은 그저 외면한 채 마음속으로 계속 의혹을 품는 것이 메이코에게도 실례라고 생각한다. 생각하기 시작했지만 아무 대답도 하지 못하는 나쓰키에게 마키가 물었다.

"기분 나쁘다든가 무섭다고는 생각 안 해?"

"설마"라고 즉답했다. 기억술사와 마주하는 것은 무섭다. 기억술사의 행동을 지지하는 입장이지만 자신의 기억을 쉽게 지워버릴 수 있는 상대에게 다가가고 싶지는 않았다. 기억술사를 두려운 존재라고 생각하는 마음은 지금도 마찬가지다.

그리고 '메이코가 기억술사라면'이라고 상상했을 때도 두려움을 느꼈다. 하지만 그것은 메이코에 대한 두려움은 아니었다. 자신이 모르는 메이코가 있다는 것. 그 사실을 마주하는 것. 메이코와의 관계가 예전과는 달라져버릴지도 모른다는 것. 그런 것에 대한 불안과 두려움이었다.

그리고 메이코에게 기억이 지워질지 모른다는 두려움도 없었다. 설령 나쓰키의 의사에 반해 기억을 지울 수 있다고 해도 그게 메이코라면 무섭지 않았다. 나쓰키는 메이코를 잘 안다. 기억술사로서의 메이코가 있다면 그건 자신이 모르는 메이코의 얼굴이지만, 어떤 메이코든 자신이 알고 있는 그 메이코다.

"메이코가 기억술사라고 해도 메이코가 메이코인 건 변하지 않아."

어떤 능력이 있든 그것을 사용하는 것은 메이코의 의지다. 친구인 메이코를 두려워할 이유는 어디에도 없었다.

"그래, 그렇구나."

마키는 미소 지으며 고개를 숙였다. 순간 그 얼굴이 울 것처럼 보였다. 말을 걸려고 했지만 그보다 빨리 마키가 얼굴을 들었다. "역시 제대로 이야기하는 편이 좋아"라고

진실된 고백 207

나쓰키를 향해 말하는 얼굴은 웃는 표정이었다.

"네 마음이 그렇게 정해졌다면 괜찮을 거야."

다정한 목소리로 그렇게 말하고 포트에서 홍차를 한 잔 더 따라주었다.

*

두 번째 잔의 홍차를 다 마신 후 나쓰키는 메이코에게 문자를 보내 저녁식사 후에 만날 약속을 잡았다.

'좀 전에는 미안해. 제대로 이야기하고 싶은데, 너희 집에 가도 돼?'

그렇게 써서 보냈더니 곧바로 '좋아'라고 답장이 와서 안심했다. 메이코도 신경 쓰고 있었을 거라고 생각하니 기쁘기도 하고 미안하기도 한 기분이 들었다.

마키는 다음 주에 다시 이 근처에 올 일이 있다고 했다. 그때 만나서 메이코와 이야기한 결과를 보고하기로 약속했다. 역까지 배웅하려고 했지만 마키는 웃으며 거절하고 "힘내"라며 손을 흔들고 돌아갔다.

옷을 갈아입고 숙제를 했다. 엄마가 준비해두고 간 저녁을 먹고 빨래를 마치고 집을 나섰다. 엄마가 일이 끝나기 전까지는 돌아올 생각이지만 만일을 대비해 식탁에 메모를 남겼다.

밤공기는 차갑고 깨끗했다. 두렵지는 않았다. 마음이 차분했다. 마키가 말했듯이 자신의 마음이 확실히 정해졌기 때문이다. 정각 여덟시에 메이코의 집에 도착해 벨을 눌렀다. 사복으로 갈아입은 메이코가 맞아주었다.

"아까는 미안했어."

문자로도 말했지만 한 번 더 사과했다.

"좀 혼란스러웠어. 제대로 설명도 하지 않고 가버려서 미안."

메이코는 "춥지?"라며 나쓰키를 안으로 들이고 곧바로 문을 닫았다. 학교에 있을 때와는 달리 풀어서 등에 늘어뜨린 머리카락이 사뿐히 흔들렸다.

"괜찮아?"

"응. 이제 괜찮아. 너한테 어떻게 말하면 좋을지 이리저리 생각했는데 겨우 정리됐어."

메이코의 어머니에게 인사하고 이 층으로 올라갔다. 메이코의 방에 들어가는 것도 거의 두 달 만이었다. 기말고사 공부를 같이 했던 게 마지막이었다. 전에는 자주 놀러 왔지만 최근에는 이노세와 같이 다니는 일이 많았기 때문에 방과 후에 메이코와 보내는 시간도 줄어들었다.

둘은 마룻바닥에 깔린 부드러운 소재의 매트 위에 앉았다.

"뭐부터 말해야 좋을까."

나쓰키가 중얼거리자 메이코는 나쓰키를 지그시 바라보며 말했다.

"네가 말하고 싶은 것부터."

메이코다운 말투에 살짝 웃었다. 나쓰키가 가장 말하고 싶은 것부터 갑자기 말하면 아무리 총명한 메이코라도 무슨 말인지 알 수 없을 것이다. 복잡한 이야기다. 제대로 전하고 싶었기 때문에 처음부터 순서대로 이야기하기로 했다.

"중학교 일학년 때 모퉁이 빵집 점원이 기억상실에 걸리고 나서 나랑 너랑 그 밖에도 몇 명인가 기억이 사라진 애들이 나온 적 있잖아. 왜 사람들이 기억을 잃었는지 조사하는 사람이 있어. 나는 그 사람을 돕고 있었고."

방은 메이코답게 깔끔하게 정리되어 있었다. 그 방을 둘러보며 나쓰키는 입을 열었다.

"아까 너랑 같이 있었던 사람이지?"

"맞아. 그 기자야. 그때 우리 기억이 사라진 건 우연이나 병 같은 게 아니라 공통된 원인이 있다고 말해줬어."

조금 생각하며 말을 골랐다.

"그 점원한테 심한 일을 당한 애가 있는데 그 애를 위해서 점원의 기억을 지운 사람이 있대. 피해자인 그 애는 물론, 그 애한테 상담을 받은 친구나 사정을 알고 있는 다른 애들의 머릿속에서도 사건의 기억을 지웠대. 아무도 모르게 그런 일을 할 수 있는 사람이 있다고……. 그 기자의 지인도 기억이 지워졌는데 그래서 비슷한 사건을 조사하고 있대."

사에의 일은 덮어두고 말하기로 했다. 그녀가 기억술사에게 의뢰하면서까지 모두에게 잊히기 바랐던 일이다. 일부러 얼버무린 것을 알아챈 듯했지만 메이코는 거기에 대해서 아무 말도 하지 않았다.

"그게 기억술사야?"

맞장구 같은 질문에 고개를 끄덕였다.

"지우고 싶은 기억을 가진 사람 앞에 나타나서 그 바람을 이뤄준다는 도시전설 속 괴인인데, 실제로 존재한다고 그 사람은 믿고 있어. 거짓말 같다고 생각하겠지만 나한테도 짚이는 데가 있어. 나는 기억하지 못하지만 기억술사를 찾았던 흔적이 스마트폰에 남아 있기도 하고……. 기억이 쏙 사라진 부분이 있기도 하고."

노크소리가 들려 이야기를 중단했다. 메이코의 어머니

가 마실 것을 가져다주셨다. 향으로 알 수 있었다. 따뜻한 허브티다. 초등학생 때 처음 마시고 맛있다고 했더니 그 뒤로 자주 내주신다. 희미하게 달콤한 허브티는 나쓰키가 옛날부터 메이코의 집에 오면 마시는 것이었다. 그만큼 오 랫동안 메이코와 함께했다.

"밤늦게 죄송해요"라며 머리를 숙이자 "천천히 놀다 가 렴"이라며 메이코를 닮은 얼굴로 미소 지으신다. 문이 닫 히고 계단을 내려가는 발소리가 들리고 나서 이야기를 다 시 시작했다.

"그 기자는 기억술사가 사 년 전의 피해자와 빵집 점원 양쪽을 알고 있는 관계자들 중에 있을 가능성이 높다고 했 어. 그래서 나한테도 접근한 거야."

둘이서 유리잔을 하나씩 들었다.

"그 기자는 너라고 생각하는 것 같아."

"나?"

메이코가 의외라는 듯 눈을 깜박거리며 나쓰키를 보았 다. "응" 하며 고개를 끄덕이고 허브 향의 온기를 들이마 셨다.

"나는 그럴 리 없다고 생각했고, 그것을 증명하기 위해 조사에 협조하고 있었는데…… 그러다가 기억술사가 어떤

존재인지, 뭘 위해서 다른 사람의 기억을 지우는지에 대해
생각하게 됐어. 그리고 만약 그렇다면…… 메이코가 기억
술사라면, 그런 생각이 들었어."

유리잔 너머로 전해지는 열기가 손바닥으로 스며들어
온몸에 퍼졌다. 마키의 말과 허브 향이 아군이 되어주었다.
분명 말하기 어려웠을 텐데 생각보다 쉽게 말이 나왔다.

"넌 어렸을 때부터 누구에게나 다정하고 곤경에 빠진 사
람을 내버려두지 못하는 정의의 히어로였으니까. 사 년 전
에도 친구가 슬퍼하는 것을 보고만 있을 수 없었던 게 아
닐까……. 친구를 울린 사람을 용서할 수 없었던 게 아닐
까. 그렇게 생각하니까 그 사람이 한 말이 터무니없는 소
리는 아닌 것 같다는 느낌이 들었어. 설마 하는 마음이 강
했지만 이런 생각이 들기 시작했어, 만약 정말로 그렇다
면……."

……만약 그렇다면 메이코는 나한테도 그걸 숨기고 있
는 거잖아.

거기까지 말하고 허브티에 입을 댔다.

"전에 나랑 이야기가 맞물리지 않은 적이 있었잖아. 아
무래도 내가 넉 달 전에 기억술사를 만난 것 같아. 그 무렵
의 기억이 없어. 그 사람은 내가 기억술사의 정체를 알아

챘기 때문일 거라고 했지만 나는 아니라고 생각해. 아마 나한테는 지우고 싶은 기억이 있었고 기억술사는 그 바람을 이뤄준 게 아닐까."

뜨겁고 달콤한 차가 몸속에 불을 지핀 듯한 감각이 기분 좋았다. 하아, 숨을 내뱉자 순간 눈앞이 온기로 하얘졌다.

"내 마음속에 기억술사를 무서워하거나 나쁘다고 생각하는 마음이 없는 것도 그 때문이 아닐까 싶어. 기억은 없어도 감각으로 남아 있는 거지. 기억술사는 아군이라고. 하지만 정작 기억술사에게는 아군이 없을지도 모른다는 걸 깨달았어."

메이코의 시선을 느꼈지만 아직 눈을 마주치지 않고 계속 말했다.

"기억술사는 외톨이라고 말한 사람이 있어. 나도 알 것 같은 기분이 들어. 다른 사람의 기억을 지울 수 있다니, 분명 아무한테도 말하지 못할 거야. 기억을 지우고 난 후에 이걸로 된 걸까, 지우지 않는 게 좋았을 텐데 하고 생각하거나 지워야 할지 말아야 할지 고민돼도 누구한테도 상담할 수 없겠지. 불안해질 때도 있을 텐데."

기억술사의 정체를 알게 된 사람은 기억이 지워져버리기 때문에 아무도 기억술사의 정체를 모른다. 그래서 누구도 기억술사를 이해하지 못하고 기억술사는 누구에게도 기대지 못한다. 그것은 몹시 괴로운 일일 것이다.

"기억술사를 찾고 있는 기자는 기억술사가 혼자서 생각하고 행동하니까 위험하다고 했어. 기억을 지우는 것 외에는 도저히 도울 방법이 없는 사람이 아니어도 기억술사가 돕고 싶으면 도와버리니까, 그것도 문제라고 생각하는 것 같아. 그런 일을 계속하면 언젠가 반드시 실패할 거라면서. 사적인 감정으로 누군가의 기억을 지운 다음 후회하고 그것을 감추기 위해 다시 누군가의 기억을 지우게 되는 악순환에 빠질지도 모른다고. 그렇게 되기 전에 누군가 말리지 않으면 안 된대. 나는 고민의 크기는 자신밖에 알지 못한다고 생각해. 그래서 돕고 싶은 사람을 돕지 말라는 말은 할 수 없을 것 같아. 하지만 그로 인해 기억술사가 괴로워하는 일이 생긴다고 하면…… 혼자서 끌어안고 있는 건 분명 괴로울 거니까…… 만약 그 기억술사가 내 친구라면……."

메이코라면 어떡할까 생각했어.

거기까지 말하고 입을 다물었다. 메이코 본인에게 이런 말을 하는 것이 왠지 이상한 기분이 들었다. 메이코는 가만히 듣고 있었다. 재촉하거나 막지 않고 당장은 이해하기 어려운 이야기를 받아들이고 있었다. 그래서 계속할 수 있었다.

"네가 기억술사면 어떡하지 하는 생각을 했을 때 조금 무서웠어. 기억이 지워질지도 모른다고 생각했기 때문이 아니야. 내가 모르는 네가 있다는 게 무서웠던 거라고 생각해."

"……내가 기억술사일지도 모른다고, 네 기억을 지울지도 모른다고 생각했는데 그건 무섭지 않았어?"

"무섭지 않았어"라고 웃으며 답했다.

"네가 기억술사라고 해도 역시 너는 너니까, 그건 변하지 않는다는 걸 깨달았어."

끝까지 확실하게 전해야 한다. 천천히 말을 이어갔다.

"넌 언제나 옳은 일을 하려고 했어. 나는 기억술사가 정의의 히어로인지 아닌지는 모르겠지만 네가 그렇다는 건 옛날부터 알고 있었어. 네가 내 기억을 지웠다면 그건 분명 필요한 일이었을 거야. 그래서 네가 기억술사라도 무섭지 않아. 우린 아무것도 달라질 게 없어. 그렇게 생각하니까 온 거야. 만약 네가 기억술사라면 제대로 이야기를 하고 싶어. 기억술사로서 너의 고민도 말해주면 좋겠어. 같이 고민하고 싶어."

이상하다고 생각되는 점이 있으면 지적할 거고 어쩌면 화를 낼지도 모른다. 하지만 메이코가 싫어지는 일은 없을 것이다. 무섭지도 않다. 그것만은 확실하다.

"나는 너한테 어떤 능력이 있더라도 무서워하지 않을 테니까, 너도 무서워하지 않았으면 좋겠다고 말하러 온 거야."

메이코를 똑바로 바라보며 가장 하고 싶었던 말을 했다.

일단은 말했다는 것에 안심하고 그런 다음 제대로 전해 졌는지 메이코의 반응을 기다렸다. 메이코는 천천히 눈을 깜빡이고 나서 후훗, 하고 웃었다. 유리 받침 위에 잔을 내려놓고 머리를 살짝 숙인 자세로 말했다.

"왠지 굉장한 고백을 들어버린 것 같아."

그러고는 "나쓰키 멋있어, 왕자님 같아"라며 입가에 손을 대고 킥킥 웃었다. 안도감이 들자 어깨에서 힘이 빠졌다. 웃을 거라고는 생각하지 못했지만 울거나 화내는 것보다는 훨씬 나았다.

"웃지 말아줘, 진지한데."

"미안, 기뻐서. 조금 쑥스럽지만."

얼굴을 들고 말한다.

"그렇지만 정의의 히어로는 바로 너야."

메이코는 남자라면 무심코 사랑에 빠질 것 같은 미소를 보내며 말했다.

"어렸을 때 내가 괴롭힘당하면 슝 날아와서 도와줬잖아. 중학생 때도…… 일시적이었지만 반 여자애들한테 짓궂은 일을 당한 적이 있었잖아. 그때도 곧바로 알아채줬어."

자신이 괴롭힘당한 이야기를 하면서 메이코는 그립다는 듯이 눈을 가늘게 떴다.

"교복 치마가 젖어서 난처했을 때 네 치마를 빌려줬던 일 기억해? 밑에 체육복을 입고 있으니까 괜찮다면서 치마를 벗어줘서 깜짝 놀랐어. 다들 얼마나 놀랐는데. 위에는 교복, 아래는 체육복을 입은 이상한 모습인데도 왠지 멋있었어. 그러고 나서 괴롭힘이 사라졌어."

그때 일을 떠올리고 있는 건지 메이코는 다시 킥킥 웃기 시작했다.

"하나도 변하지 않았구나 싶어서 기뻤어."

그런 일, 듣기 전까지는 기억나지 않았다. 나쓰키는 쑥스러워서 볼을 붉히면서 눈을 피했다. 기쁘긴 하지만 이건 꽤 쑥스럽다. 조금 전에 한 고백의 답을 듣는 것 같은 기분이었다.

"네가 그런 식이었으니까 나도 내가 옳다고 생각한 것을 할 수 있었던 걸지도 몰라. 나 자신이 정의의 히어로라고 생각한 적은 없지만 내가 그렇게 행동했다면 그건 그런 나를 받아주고 친구로 있어준 네가 있었기 때문이야."

메이코는 잔과 받침을 쟁반에 올려놓고 나쓰키를 똑바로 보며 손을 뻗었다.

"나는 기억술사가 아니지만."

시원스럽게 말하고 무릎 위로 컵을 잡고 있는 나쓰키의 손을 양손으로 잡았다.

"하지만 내가 기억술사일지도 모른다고 생각해서 나를 위해 그렇게 고민하고 도와주려고 한 건 정말 기뻐. 나를 믿어준 것도."

감싸듯이 닿은 손에서 체온이 전해졌다.

"……그래."

제대로 마음이 전해졌음을 알았다. 웃고 있는 메이코의 눈을 보며 숨을 내뱉었다.

"그래…… 다행이다."

다행이다. 메이코가 기억술사가 아니라서. 혼자서 고민하고 있는 게 아니라서. 황당무계한 이야기를 끝까지 들어주고 엉뚱한 걱정을 하고 있었다며 화를 내거나 어이없어

하지 않고 그렇게 말해줘서 다행이었다.

"이야기해줘서 고마워."

메이코는 다시 한 번 웃으며 가만히 손을 놓았다.

"그 사람한테도, 기억술사한테도 그런 식으로 생각해주는 사람이 있으면 좋겠다. 혼자서 정의의 히어로를 계속하는 건 분명 괴로울 거야."

"그렇겠네"라고 대꾸하면서 생각했다. 자신은 이제 기억술사를 찾지 않을 것이다. 상관할 일도 없을 것이다. 기억술사가 어딘가에서 잘 알지도 못하는 누군가의 기억을 지워도, 잘못을 저질러 누군가가 슬퍼해도, 그로 인해 기억술사 자신이 상처받게 되더라도. 자신에게는 이노세와 같은 신념도 열정도 없었다. 얼굴도 모르는 사람들을 위해 위험부담을 무릅쓸 수는 없었다.

(역시 나는 정의의 히어로는 못 되겠네.)

기억술사는 얼굴도 모르는 누군가의 바람을 이뤄주기 위해 위험부담을 무릅쓰고 있는데, 자신은 자신의 팔과 눈이 닿는 범위 안에 있는 소중한 사람들을 지키는 것이 고작이었다.

식어가는 허브티를 마시며 메이코와 둘이 잠시 옛날이야기를 했다. 마주 보고 웃으며 속으로 생각했다. 자신은 아무것도 할 수 없고 앞으로도 관여할 생각은 없지만, 적어도 기억술사에게도 메이코가 말한 것처럼 아군이 있었으면 좋겠다. 외톨이가 아니었으면 좋겠다.

*

메이코와 이야기하고 일주일 뒤, 학교가 끝나고 나와 보니 이노세가 교문 앞에서 기다리고 있었다. 문자에 답장을 하지 않았기 때문에 직접 만나러 왔을 것이다. 올 거라고 생각했다. '메이코가 위원회 일로 하교가 늦는 오늘이 아닐까'라고도 예상하고 있었기 때문에 놀라지는 않았다. 한 번은 제대로 이야기하지 않으면 안 된다고 생각했다.

"메이코와 이야기했어요."

그렇게 말하고 나쓰키는 걷기 시작했다. 이노세도 따라왔다.

"메이코는 기억술사가 아니에요. 내가 그렇게 믿는 것일 뿐 증거 같은 건 없으니까 아저씨를 설득할 수 있을 거라고는 생각하지 않지만요."

나란히 걸으면서 앞을 보고 말했다.

"하지만 나는 기억술사를 찾을 이유가 사라졌어요. 그래서 이제 기억술사 찾기에는 협조할 수 없어요."

준비해뒀기 때문에 간단했다. 이노세가 이쪽을 보는 것 같았다. 그대로 계속 걸어 모퉁이를 돌았다. 처음 이야기를 나눴던 카페 앞을 지나갔다.

"아저씨가 말한 대로 기억술사는 분명 완벽하지 않아요. 틀리기도 하고 편파적이 될지도 몰라요. 결국 기억술사는 자신이 돕고 싶은 사람만 돕고 자신의 정체를 알아챌 것 같은 사람이 있으면 그 사람의 기억도 지워버리고 자기 멋대로일지도 모르지만."

가타야마 리나의 의뢰는 받고 마리야 슈의 의뢰는 거절한 기억술사의 기준은 어디까지나 주관적인 것이다. 의뢰인을 고르는 자세는 이노세가 말한 대로 오만할지도 모른다. 그게 정말로 상대방을 위한 건지, 다른 누군가를 상처 주는 일이 되지는 않을지, 기억술사가 잘못 판단하는 경우도 있겠지만.

"자기 멋대로인 건 다들 마찬가지니까요. 내가 기억술사라도 아마 그렇게 할 거라고 생각하니까 비난할 수 없겠더라고요. 나한테 기억술사를 막을 자격 같은 건 없어요. 무엇보다 나나 메이코의 기억이 지워지는 건 바라지 않으니까 더 이상 관여하지 않기로 했어요."

큰길에서 벗어나 샛길에 들어섰다. 사람의 왕래가 줄어든 부근에서 발걸음을 멈추고 한 걸음 뒤에서 따라오는 이노세를 돌아보았다.

"방해는 하지 않겠지만 도울 수도 없어요. 아저씨가 말한 것도 알겠지만 결국 나한테 중요한 건 내 주위의 세계뿐일지도 몰라요. 제멋대로지만 그게 사실인걸요."

눈을 마주 보고 분명히 말했다. 마음속으로 이미 결정한 것을 전달할 뿐이었기 때문에 망설임도 없었다. 이노세를 설득할 생각도 없다. 그저 의사를 표명할 뿐이었기 때문에 금방 할 말을 다 해버려 나쓰키는 입을 닫았다.

몇 초의 침묵 후, 나쓰키를 대신해 이노세가 입을 열었다.

"……사 년 전 사건 당시 빵집 점원이 기억을 잃기 전 빵집 주인 할머니가 가게를 비운 약 한 시간 동안 여자아이 두 명이 목격됐어."

이노세도 나쓰키의 태도가 이전과는 다르다는 것을 느낀 것 같았다. 평소의 웃는 얼굴이 아니었다. 또 어른이 아이를 타이르는 말투도 쓰지 않았다.

"각자 따로따로 가게에서 나오는 것이 목격됐지. 단순한 손님일지도 모르지만 그녀들 중 누군가가 기억술사일지도 몰라. 그렇지 않더라도 기억술사를 목격했을 가능성이 높

아. 두 사람 모두 그날 그 시간에 어디서 무엇을 했는지 기억이 사라졌으니까."

그저 담담히 사실만을 말했다.

"그게 너랑 가미쿠라 메이코야."

이노세가 메이코를 의심하는 데에는 나름대로 근거가 있었던 모양이다. 지금까지 숨기고 있던 사실을 이 타이밍에 밝히는 의도는 명백하다. 그는 아직도 메이코를 의심하고 있고 나쓰키가 계속 협조해주길 바라고 있다.

"다테노 마코토나 나카노 사에도 빵집 점원이 한 일은 잊어버렸어. 그 밖에도 기억이 일부 사라진 것 같지만, 사건이 있던 그날의 기억이 사라진 것은 너희 둘뿐이야. 사건을 목격했거나, 뭔가 단서를 갖고 있을 가능성이 있다고 생각해서 접근했어."

"하지만 나도 메이코도 아무것도 기억하지 못해요."

"너희가 그렇게 말했을 뿐이지."

나쓰키의 말을 이노세는 한마디로 잘라버렸다. 전에도 지적받은 적이 있지만 이번에는 진심으로 말하고 있다는 것을 알 수 있었다. 확실히 그의 말대로였다. 똑같이 기억이 지워졌다고 생각하지만 메이코의 머릿속은 들여다볼 수 없다. 나쓰키가 기억하지 못한다고 해서 메이코도 정말로 기억하지 못하는지 아닌지 확인할 방법이 없다.

"점원의 기억이 사라지기 전까지의 짧은 시간 동안 가게에 출입한 것이 확인된 건 세 명뿐이야. 빵집 할머니랑 너랑 가미쿠라 메이코. 그리고 빵집 할머니는 몇 년 전에 죽어서 가타야마 리나의 기억을 지울 수 없으니까 용의선상에서 지워지지."

"그 세 사람이 출입하는 틈을 노려 아무한테도 목격되지 않고 빵집에 들어갔다 나온 제삼자가 기억술사일지도 모르잖아요. 점원의 기억을 지운 다음 목격자였을지도 모르는 나랑 메이코의 기억을 지운 건지도."

"그래, 그 가능성도 부정하지는 않겠어."

나쓰키의 지적을 이노세는 수긍하며 인정했다. 어디까지나 객관적인 입장임을 나타내기 위한 것이다. 하지만 나쓰키의 가설을 지지하지 않는 것은 분명하다.

"그래도 아직 메이코를 용의자에서 제외할 수는 없어."

일주일 전의 나쓰키라면 동요했을지도 모른다. 하지만 지금은 차분했다. 어떤 가설을 들려주고 새로운 사실을 들이밀어도 나쓰키의 결론은 정해져 있다.

"하지만 나는 메이코를 믿어요. 메이코가 그렇게 말했으니까. 메이코는 기억술사가 아니에요."

말하는데 웃음이 나왔다.

"하지만 설령 그렇다고 해도 괜찮아요."

친구니까. 비밀을 만들지 않았으면 좋겠다고 생각하지 않는다. 비밀을 만들어도 좋다. 거짓말을 한다고 해도 상관없다. 의미 없이 그럴 리 없다고 믿고 있으니까. 메이코가 기억술사든 아니든 혼자서 고민하고 있는 게 아니라면 상관없다. 누군가에게 이야기하고 싶어졌을 때, 기대고 싶어졌을 때 '언제든 들어줄게, 나는 네 편이야'라는 것만 전해지고 있으면 그걸로 됐다.

이노세는 가볍게 눈을 크게 뜨더니 입을 다물고 몇 초간 있다가 "그렇군"이라고 말했다.

"알겠어. 넌 역시 그 애의 친구였구나."

그렇게 말하고 왠지 희미하게 웃은 것 같았다. 얼굴을 들고 '어쩔 수 없지'라고 말하듯이 어깨를 움츠렸다.

"하고 싶은 말은 다 했어. 그걸 듣고 생각한 다음에 네가 내린 결론이니까. 단념할게."

"미안해요."

"괜찮아. 처음부터 혼자서 했던 일이야. 초심으로 돌아갈게."

울면서 붙들 거라고는 생각하지 않았지만 상상했던 것

이상으로 쉽게 물러나서 맥이 빠지는 기분이 들었다. 한편으로는 왠지 그럴 거라고 예상했던 점도 있었다. 이노세는 앞으로도 계속 기억술사를 찾아다니겠지. 혼자서.

"아저씨는 무섭지 않아요? 기억술사에게 접근한다는 건 그만큼 자신도 기억이 지워질 가능성이 높아진다는 거잖아요."

그는 자신과는 다른 나쓰키의 생각을 존중하고 그 결단을 받아들여주었다. 그렇기 때문에 나쓰키도 그를 막을 수 없다. 그럴 권리도 없다. 그래도 말하지 않을 수 없었다. 그에게 이렇게 말해줄 수 있는 사람은 나쓰키뿐이기 때문에.

(언젠가 기억술사에게 다다르면.)

기억술사를 설득할 생각인 걸까. 이제 더 이상 누구의 기억도 지워서는 안 된다고. 기억술사가 그것을 들어줄 거라고 진심으로 생각하는 걸까.

"기억술사를 만난다고 해도 아저씨의 기억이 지워져버릴지도 모르는데."

기억술사가 위험하다고 여겨 막으려고 하는 이노세로서는 누구보다 기억이 지워지는 것의 무게를 알고 있을 것이다. 자신이 처한 위험도 충분히 이해하고 있을 것이다. 자신의 기억이 지워질 가능성에 대해 생각하지 않았을 리 없는데도 기억술사를 찾는 것을 주저하지 않는 것이 이상했다.

이노세는 평소의 온화한 미소로 답했다.

"그래도 기억술사와 이야기를 해서 뭔가 깨닫게 할 수 있다면 내가 해온 일이 헛되지 않다고 생각하니까. ⋯⋯어쩌면 아무것도 하지 않고 있는 게 괴로울 뿐인지도 모르지만."

"기억술사를 막으려는 사람이 나밖에 없는 것 같으니까"라고 덧붙였다. 원치 않게 기억이 지워진 사람들은 기억술사의 존재조차 잊었다. 그러니까 기억술사가 한 일을 알고 있고 기억술사에게 그 결과를 전할 수 있는 사람은 분명 이노세뿐일 것이다. 자기 말고는 아무도 기억술사를 막을 수 없다는 사명감에 사로잡혀 있는 걸까. 하지만 그런 것치고 이노세는 늘 냉정했다. 기억술사를 막겠다는 의지도 확고하고 망설임도 없다는 것을 알았지만 한편으로 그에게서는 필사적인 의지나 무모한 면모는 느껴지지 않았다.

덧붙이듯이 말했지만 아무것도 하지 않고 있으면 괴롭다는 것은 의외로 그의 본질에 가까운 대답일지도 모른다. 막아야 하는 존재가 있고 그것을 할 수 있는 건 자기밖에 없는데 아무것도 하지 않고 있으면 죄책감이 느껴지니까. 그래서 그가 기억술사를 막으려는 거라면 기억술사가 자기밖에 도와줄 수 없는 사람에게 손을 내미는 것과 조금 닮았다. 그렇게 생각했지만 잘 전달할 자신이 없어서 입 밖으로 꺼내지는 않았다.

"아저씨 친구는 잊어버렸는데 아저씨만 기억하고 있는 일이 있을 것 아니에요. 그런데 아저씨까지 잊어버리면 정말로 없었던 일이 되어버려요."

혹시 다음에 만나게 되더라도 이노세는 나쓰키를 잊었을지 모른다. 그러니까 지금 말해두지 않으면 안 된다. 막을 수 있을 거라고는 생각하지 않지만 분명 마지막 기회니까.

"소중히 하는 게 좋아요. 기억술사도 지우지 않을 수만 있다면 지우지 않을 거예요. 기억술사가 자신의 정체로 이어지는 기억을 지우는 것은 자신의 안전을 위해서니까……. 기억술사가 자신에게 위험한 존재라고 여기지 않으면 기억을 지킬 수 있을 거예요."

이노세는 "고마워"라고 말할 때와 같은 표정과 목소리로 "그럴지도 모르지"라고 말했다. 너 착하구나. 언젠가 메이코가 했던 말이 떠올랐다.

"가능하면 지우고 싶지 않은 기억인데, 자신의 안위를

위해 지울 수밖에 없다고 판단해서 지우는 건 기억술사에게도 유쾌한 일은 아니겠지. 그렇기 때문에 나는 기억술사를 만나서 다른 사람의 기억을 지운다는 행위가 얼마나 잔혹하고 돌이킬 수 없는 일인지 제대로 이야기하지 않으면 안 돼. 기억술사의 생각을 바꿀 수는 없을지도 모르지만 그래도 나는 저항할 생각이야. 잊고 싶지 않은 사람의 기억을 억지로 지우는 건 용서받지 못할 일이라고 분명하게 전할 거야. 그래도 기억술사가 지우자고 생각하면 내 기억은 지워져버리겠지만."

이노세는 온화하게 미소 지으며 나쓰키를 보았다.

"그걸로 기억술사가 조금이라도 마음 아파한다면 의미 있는 일이라고 생각해."

나직한 목소리였지만 망설임 없이 말했다.

어쩌면 그에게도 가능하다면 잊어버리고 싶은 기억이 있는 걸까.

기억을 지우는 것은 잘못된 일이라고 생각한다. 막아야 한다고 생각한다. 기억이 지워지는 게 무서운 마음도 있다. 하지만 모든 걸 기억하고 있는 건 자기밖에 없기 때문에 계속 쫓아야 한다. 괴롭다. 차라리 자신의 기억도 지워졌다면 좋았을 텐데. 그도 그렇게 생각한 적이 있었을지도 모른다.

기억술사를 막을 수 있다면 가장 좋겠지만 그것을 이루지 못하고 기억이 지워진다 하더라도 괜찮다고 생각하는지도 모른다. 그러면 예전에 누군가에게 잊혔던 일도 잊을수 있다. 더 이상 혼자서 기억술사를 쫓지 않아도 된다. 기억술사를 찾아서 마주하게 되면 어느 쪽이든 이노세는 기억술사를 쫓는 일에서 해방되는 것이다.

늘 어딘가 초연해 보였던 이노세의 속마음을 엿본 것 같은 느낌이 들었다. '마지막에 와서야'라고 생각했지만 마지막이니까 보여준 걸지도 모른다. 더 이상 아무 말도 할 수없게 된 나쓰키에게 이노세는 싱긋 미소를 지어 보였다. '그럼, 내일 봐'라고 하는 듯한 스스럼없는 태도로.

"지금까지 같이 다녀줘서 고마워."

"……나도 맛있는 거 많이 사줘서 고마웠어요."

이걸로 마지막이라고 생각하고 머리를 숙였다. 이노세가 등을 돌려 걷기 시작하는 것을 지켜보았다. 걸어가는 이노세의 앞쪽으로 마키의 모습이 보였다. 나쓰키를 마중나온 것이다. 같이 식사하기로 했다. 이노세와 마키가 스쳐 지나갔다.

"나쓰키."

작게 손을 흔드는 마키의 어깨 너머로 이노세의 등은 멀어져 마침내 보이지 않게 되었다.

*

마키가 데려온 세련된 카페 다이닝에서 메이코와 이야기한 결과를 보고했다. 하는 김에 이노세에게 더 이상 협조할 수 없다고 말한 것까지. 마키는 "잘됐네"라며 웃었다.

"이걸로 기억술사 찾기에서도 해방이네."

생햄 샐러드를 나쓰키의 접시에 덜어주고 있는 마키에게 "뭐, 그렇긴 하지만" 하며 쓴웃음을 지었다.

"기억술사가 누구든 상관없어. 정체를 알았다고 해서 어떻게 할 생각도 없지만 신경 쓰이는 건 어쩔 수 없네. 꼭 추리 드라마의 해결편만 보지 않은 것 같은 느낌이야."

메이코가 기억술사일지도 모른다고 생각했을 때는 확인하는 것이 무서웠다. 알고 싶지 않았다. 하지만 메이코가 아니라는 사실에 안심하고 더 이상 관여하지 않기로 결심했더니 호기심만 남았다.

마지막으로 이노세가 말했던 '기억술사가 범행이 가능했던 약 한 시간 동안 무슨 일이 일어났는가'라는 지적 때문이다. 메이코가 기억술사여도 상관없다는 마음은 진심이었지만 그런 말을 들으면 추리해보고 싶어진다. 마키는 나쓰키 앞에 접시를 놓으며 "그러고 보면 나쓰키는 무슨 수수께끼라든가, 그런 책을 좋아했으니까"라고 말하고는 못 말린다는 듯이 웃었다.

"현실은 드라마와 다르니까 이미 등장한 인물이 반드시 범인이라고는 할 수 없어. 기억술사는 다른 곳에서 온 여행객인데 모두의 기억을 지우고 사라진 걸지도 몰라."

"응, 근데 이런 식으로 생각해보는 것뿐이라면 괜찮을 것 같아. 어떤 결론이 나더라도 확인할 생각은 없어. 그래봤자 추리할 방법도 없지만."

자신의 흔적을 지우고, 주변 사람들에게 자신에게로 이어지는 정보를 남기지 않는 상대의 정체를 탐색하는 건 처음부터 무리였는지도 모른다. 단순하게 생각하면 이노세와 같은 결론에 도달한다. 빵집 점원의 기억이 사라지기 직전에 빵집에서 나오는 것이 목격된 나쓰키와 메이코가 유력한 용의자다. 다른 누군가일 가능성이 사라지는 건 아니지만 그 '누군가'의 구체적인 얼굴이 떠오르는 것도 아니었다.

추리 드라마에서처럼 명탐정이 있다면 나쓰키가 놓치고

있는 작은 정보에서 추리를 끼워 맞춰 의외의 진상을 도출
해낼지도 모른다. 공교롭게도 지금은 그런 명탐정이 없기
때문에 스스로 생각하는 수밖에 없다. 만에 하나 명탐정이
추리를 해서 정체를 밝혀낸다고 해도 상대가 기억술사인
이상 그 기억은 지워지고 끝날 것이다.

"애초에 등장인물이 몇 명 있는 것도 사 년 전의 사건 정
도야. 다른 사건은 정보가 너무 적어서 추리할 방법도 없
어. 모델 리나의 기억을 지운 것도 마리야 슈의 의뢰를 거
절한 것도……."

"어떤 의뢰였어? 나중의 두 건은?"

"실연을 당했는데 상대방에 대해 잊고 싶다거나, 실수로
미움받을 짓을 해버렸는데 상대방의 기억에서 그 일을 지
워달라거나."

"뭐야 그게, 완전 제멋대로네."

마키는 웃었다.

"왠지 안심된다."

"안심?"

"응. 다들 제멋대로잖아. 나도 포함해서."

자신만 제멋대로가 아니라서 안심한다는 의미일까. 하
지만 마키는 전혀 제멋대로처럼 보이지 않는다. 이렇게 퇴

근 후에 시간을 내서 천천히 이야기할 수 있는 칸막이 자리를 예약하고 나쓰키의 이야기를 들어주고 있다.

"애초에 기억을 지워달라는 것부터가 제멋대로지. 원래는 이루어질 리도 없는 바람인데. 그걸 이루어줄 수 있는 기억술사가 우연히 존재해서 자기 멋대로 그 바람을 들어주고 안 들어주고 하는 이야기잖아."

빈 접시를 포개어 테이블 끝으로 옮기면서 마키는 계속 말했다.

"기억술사도 좋아하는 사람의 부탁이라면 들어주고 싶을 거야……. 아무리 공평하려고 해도 백 퍼센트 객관적일 수는 없을 거야. 그건 누구나 마찬가지라고 생각해. 다만 기억술사는 누구나 할 수 있는 일을 하고 있는 게 아니니까, 그런 능력을 사용하는 이상 조금의 흔들림도 용납할 수 없다는 거겠지."

"그거 이노세 씨도 말했던 것 같아……."

"이런 사람의 이런 부탁이라면 들어줘도 되지만, 이런 의뢰는 받아들일 수 없다든가……. 그런 판단을 하는 것 자체가 오만하다는 말을 들어도 어쩔 수 없어. 그렇다면 전부 그만두는 편이 낫다는 사고방식이 옳을지도 몰라."

생햄 샐러드는 당근을 갈아 만든 드레싱과 잘 어우러져

서 맛있었다. 다 먹을 때까지 둘 다 잠시 조용해졌다.

"언니는 기억술사 반대파?"

"반대파는 아니야. 정말로 어쩔 수 없는, 기억을 지우는 것밖에 도울 방법이 없는 사람도 있으니까. 그런 사람을 위해 기억술사의 능력이 있는 거라면 쓰는 게 맞는다고 생각해. 하지만 그렇지 않은 사람까지 지워주고 싶다고 생각해버리는 게 문제지."

젓가락을 든 채 마키는 접시에 시선을 떨어뜨리며 말했다.

"실연의 기억 같은 건 간직하고 있다고 해서 죽는 것도 아니야. 지금 당장 괴로운 걸 피하고 싶다고 그 마음의 과거와 미래까지 지워버려도 괜찮을까. 다들 어렵게 극복하고 있는데 지워달라는 건 어리광이 아닐까. 그런 건 충분히 알고 있지만 눈앞에서 울고 있는 사람이 소중한 친구나 공감할 수 있는 상대라면……."

지워버릴지도 모른다, 자신이 기억술사라면. 나쓰키는 그렇게 생각했는데 마키도 마찬가지인 듯했다.

"하지만 역시 그것 자체가 용서받지 못할 일인지도 몰라."

다음 요리가 나왔다. 해산물 아히요(마늘과 올리브유로 맛을 낸 스페인 요리 - 옮긴이)와 바게트였다. 이것은 각자 접시에 덜어서 먹기로 했다. 새우를 바게트에 올리고 살짝 식혀서 입으로 옮겼다. 이윽고 나쓰키가 생각을 정리하며 입을 열었다.

"이노세 씨는 정의의 히어로도 잘못된 판단을 하는 경우가 있을 거래. 기억술사의 잘못은 돌이킬 수 없는 결과로 이어질지도 모르고, 기억술사 자신도 잘못을 깨달으면 후회하고 괴로워하게 될 거라면서. 그러니까 누군가가 그것을 가르쳐줘야 한다고……. 나도 그건 그럴지도 모른다고 생각했지만."

사람은 실수를 한다. 기억술사도 실수를 할 것이다. 그런데 왜 기억술사만 실수를 용서받지 못하는 걸까. 왜 항상 올바른 사람이어야 할까. 그런 생각을 했다. 자신이 돕고 싶은 사람을 돕는 게 그렇게 나쁜 일일까. 기억술사도 실수하지 않도록 주의하고 있을 것이다. 마리야의 의뢰도 거절했다. 그럼에도 언젠가 실수할지도 모르니까 그를 찾아내 그 능력으로 다른 사람을 돕는 것을 막을 권리는 누구에게도 없다. 할 수 있는 일이 있다면 틀릴 가능성과 그 위험성을 전하는 것뿐이다.

"기억술사도 이미 알고 있을지도 몰라. 자신이 틀렸다는 걸."

나쓰키가 아직 생각을 말로 정리하지 못한 사이에 마키가 먼저 말을 이어갔다.

"하지만 잘못을 깨닫고 후회해도, 참회하고 싶어도 아무한테도 말할 수 없어. 그건 어쩔 수 없어. 누가 강요한 것도 아니고 본인이 기억술사가 되는 걸 선택했으니까. 자기 책임이야."

나쓰키가 잘 아는 그녀답지 않게 고개를 숙이고 눈썹을 모으며 말했다. 마치 웃으려다 실패한 것 같은 표정으로.

"누구한테도 말할 수 없는 일을 누구한테도 상담하지 않고 계속한다면 기억술사가 혼자인 건 어쩔 수 없어."

"마키 언니? 왜 그래?"

불안해져서 말을 걸었다. 마키가 그런 얼굴을 하는 이유를 알 수 없었다.

"나쓰키, 정말로 알고 싶어?"

마키는 포크를 내려놓고 얼굴을 들어 나쓰키를 똑바로 쳐다보았다.

"네가 아무것도 깨닫지 못했다면 말하지 않을 생각이었어. 그래도 사실이 알고 싶어?"

나쓰키도 포크를 내려놓고 고개를 끄덕였다.

"응, 알고 싶어."

그러고 나서 다시 말했다.

"메이코 말고는 용의자가 없다는 말을 듣는다고 해도 상관없어. 나는 메이코를 믿어. 메이코에게 확인할 생각도 없어. 그렇게 정했으니까 괜찮아. 가르쳐줘."

마키가 이런 식으로 질문한다는 건 나쓰키가 알게 되면 후회할지도 모르는 뭔가를 마키는 알고 있다는 것을 뜻한다. 어떤 사실을 알게 돼도 변하지 않을 거라고 결심했기 때문에 각오를 드러낼 생각으로 말한 것이다.

하지만 나쓰키의 말을 듣고 마키가 후훗 웃었다.

"메이코밖에 없는 건 아니야."

곤란한 것 같기도 하고 울음을 참고 있는 것 같기도 한 미소였다.

"그렇지, 빵집 할머니가 발견하기 전에 누군가가 가게에 다녀갔을지도 모르고."

중간까지 말하고…….

(어라?)

가슴속에서 뭔가 자욱한 것이 솟아났다. 불쾌한 예감이랄까, 위화감이랄까. 뭔가가 걸렸다. 마키가 뭘 말하려는 건지 상상조차 할 수 없는데 마치 알고 있는 것 같은 느낌. 마키는 마음의 준비를 하듯이 눈을 감고 숨을 들이마신 다음 차분한 목소리로 말을 꺼냈다.

"그날, 너랑 메이코는 각자 따로따로 빵집에 가서 점원을 만났어. 당신이 한 짓을 다 알고 있다고, 두 번 다시 사에나 다른 여자애들 앞에 나타나지 말라고 말하기 위해서. 굉장한 용기야. 경찰이나 부모님한테 말한 게 아니라 혼자서 어른 남자와, 친구를 상처 입힌 범인과 대결한 거야. 사에가 일을 크게 만들고 싶어 하지 않았으니까 그 의사를 존중한 거겠지만."

이노세에게 사건 당일 메이코가 빵집에서 나오는 것이 목격됐다는 말을 들었을 때 그 가능성이 머리를 스쳤다. 메이코라면 충분히 그럴 수 있다. 하지만 자신은 메이코만큼 정의감이 강하지 않고 배짱도 없었다. 기억나진 않지만 아무리 친구를 위해서라고 해도 중학생 무렵의 자신이 그렇게까지 했을 거라는 생각은 들지 않았다.

"나도?"라고 나쓰키가 끼어들자, 마키는 작게 끄덕였다.

"메이코가 빵집을 찾아간 건 사에를 위한 것도 있었지만 메이코 자신의 정의감 때문이었을 거야. 하지만 결국 메이코가 빵집에 간 건 네가 몇 번이나 빵집을 찾아갔다는 것을 알아챘기 때문이었어. 메이코는 네가 점원을 설득하려는 건 아닌지 걱정이 됐어. 위험하니까 혼자 가면 안 된다고, 같이 가자고 했지만 너는 부정했어."

"내가 갔을 리 없어. 기억나진 않지만⋯⋯. 그런, 범인을 혼자서 만나러 가다니, 너무 무섭잖아."

"응. 하지만 메이코는 네 말을 믿지 않았어. 네가 혼자서 어떻게든 해보려고 자기한테도 말하지 않고 범인을 만나러 가는 거라고 생각했어. 그래서 한 발 앞서 자기가 먼저 그를 만나러 간 거야."

과연 메이코다웠다. 그녀라면 충분히 그럴 수 있을 것 같았다. 분명 나쓰키는 혼자서 뛰어들 생각 같은 건 하지 않았을 텐데. 메이코는 자신을 걱정해 앞질러 갈 생각으로 빵집에 간 것이다.

"하지만 설득은 잘되지 않았어. 성범죄자가 중학생 여자애한테 설득당할 리 없었지. 어쩌면 메이코는 무서운 일을 당했는지도 몰라. 그녀는 별 수확 없이 돌아갔어. 그런 다음 너도 메이코와 마찬가지로 빵집에 가서 그를 만났지만 역시 소용없었어. 그는 반성조차 하지 않았고 동네를 떠날 생각도 없었어."

(나도 갔구나⋯⋯. 그랬구나. 목격됐다고 아저씨가 말했지.)

자신답지 않아서 조금 의외였다. 메이코가 사에뿐만 아니라 자신을 염려해서 혼자 점원을 만나러 갔다는 사실을 알고 가만히 있을 수 없었던 걸까. 어쩌면 메이코가 '무서운 일을 당한' 것을 알고 화가 나서 뛰어든 걸지도 모른다. 그거라면 자신이 할 법한 행동이라고 이해할 수 있었다.

"기회가 주어졌는데도 그 기회를 잡지 못한 빵집 점원은 기억이 지워진 채 병원에 입원하게 되었어."

마키가 후련하다는 듯이 말했다.

"솔직히 자업자득이라고 생각해. 완전히 능력을 컨트롤할 수 있는 상태였다고. 전부 지워버리는 게 나은 남자였어. 그때 그의 기억이 일상생활을 할 수 없는 수준까지…… 백지에 가까운 상태까지 지워져버린 것은 사고 같은 거였지만."

차가운 목소리였다. 경멸하는 눈. 마키의 이런 표정을 보는 것은 처음이라서 그 눈이 자신을 향한 것이 아니라는 걸 알면서도 조금 긴장했다.

"사고…… 컨트롤?"

무슨 의미인지 몰라서 되물었다. 마키는 차가운 표정을 지우고 나쓰키에게 평소와 다름없는 다정한 눈빛을 보내며 대답했다.

"기억술사도 태어날 때부터 자유자재로 사람의 기억을 지울 수 있는 건 아니야. 처음 기억을 지울 때나 오랜만에 지울 때는 감을 잡기가 어려워. 너무 많이 지워버리거나 깔끔하게 지우지 못하기도 해. 그래서 몇 번인가 연습을 했어."

"연습……."

"빵집 점원은 그 전에도 종종 뭘 잊어버리는 일이 있었어. 그래서 기억상실에 걸렸을 때도 뇌 질환일지 모른다고 의심받았지. 기자가 말하지 않았어? 그건 기억술사가 연습을 하고 있었기 때문이야."

들었다. 생각난다. 하지만 그게 기억술사의 소행이라고는 생각도 못 했다. 마키의 이야기가 사실이라면 기억술사는 사건이 일어난 당일뿐만 아니라 그 전부터 며칠에 걸쳐 빵집 점원의 기억을 지우려고 준비하고 있었다는 말이 된다. 즉, 기억술사는 그날 우연히 다른 곳에서 놀러 온 여행자가 아니다.

"그래도 역시 긴장했는지 실제로 점원을 만나 사건에 대해 이야기할 때는 돌변해버린 상대가 무서워진 데다 화가 나서 컨트롤할 수 없게 된 거야. 그래서 너무 많이 지워버린 것 같아. 하지만 나는 도가 지나쳤다고 생각하지 않아. 중학생 여자애들에게 상처를 주고 반성조차 하지 않는 남자는 용서할 수 없으니까."

마키는 과격하지는 않지만 강한 신념을 엿볼 수 있는 분명한 말투로 말했다.

"어쨌든 기억술사는 확실하게 기억의 범위를 정하지 않고 상대방의 기억 대부분을 지워버렸어. 그런 다음 남은 기억을 조금씩 지워가며 마지막 연습을 한 거야. 그 녀석의 기억을 지운 다음, 메이코나 사에의 기억도 지워야 했기 때문에 실패해도 상관없는 사람을 상대로 연습한 것은 당연해."

"언니는 어떻게…… 그런 걸 알고 있어?"

기억술사밖에 모르는 기억이다. 질문을 꺼낸 시점에 예상은 했다. 그래도 물었다. 나쓰키의 시선을 피하지 않고 마키는 분명하게 대답했다.

"그 기억을 내가 먹었으니까."

말의 의미는 명확했다. 하지만 곧바로 반응하지는 못했다. 절반 정도 남은 상태로 요리는 식어갔다. 웨이터가 다음 요리를 내왔지만 두 사람 모두 손을 대지 않았다.

"……언니가 기억술사야? 사 년 전에 나랑 다른 사람들의 기억을 지우고…… 사에를 도와준 거야?"

기억나지 않는다. 사건이 일어날 무렵 마키가 이 동네에 와 있었던가?

"아냐, 사 년 전 빵집 점원과 피해자였던 사에, 그리고 사정을 알고 있는 다른 아이들의 기억을 지운 건 내가 아니야."

마키는 천천히 고개를 저으며 부정했다.

"내가 먹은 건 나쓰키, 네 기억뿐이야. 두 번 다시 사람들의 기억을 지우지 않겠다고 결심했지만 네 의뢰만은 마지막으로 들어주기로 한 거야. 넌 나랑 같으니까."

나쓰키가 마키랑 같다는 말의 의미를 생각할 시간을 주지 않고 마키는 정답을 말했다.

"사 년 전에 모두의 기억을 지운 기억술사는 바로 너야."

부드럽지만 가차 없는 목소리.

무슨 말을 들은 건지 순간 이해할 수 없었다.

예상하지 못했던 방향에서 뺨을 맞은 것처럼 사고가 정지한다.

하지만 마키의 얼굴을 보고 농담이 아니라는 것을 알았기 때문에 웃어넘기지 않고 생각했다. 생각해보니 거짓말처럼 쉽게 답이 보였다. 뿔뿔이 흩어져 있던 조각이 순식간에 한 곳으로 모이듯이 이해됐다. '아아, 그랬구나' 하고 이해해버렸다.

리나의 기억을 지운 것도 마리야의 의뢰를 거절한 것도

여자애였다고 했다. 사 년 전에는 S 중학교, 지금은 K 여대 부속고등학교에 다니고 있으며, 사에와도 리나와도 접점이 있고, 기억이 지워진 피해자들에게 의심받지 않고 접근할 수 있으며, 빵집 점원의 기억이 사라진 날 빵집 할머니가 가게를 비운 잠깐 사이에 가게에 출입한 것이 밝혀진 것은 두 사람뿐이다.

메이코는 자신이 아니라고 부정했고 나쓰키는 그것을 믿었다. 소거법이라면 남은 용의자는 나쓰키밖에 없는 것이다. 나쓰키 자신이 용의자에서 제외된 것은 사건을 일으킨 기억이 없었기 때문이다. 자신의 무죄는 자신이 가장 잘 알고 있으니까 의심조차 하지 않았다. 그게 잘못이었다. 기억하지 못하고 있을 뿐이었던 것이다.

"자신에게 능력이 있다는 것은 알고 있었지만 쓸 기회는 없었어. 그러던 중에 넌 사에의 일을 알게 된 거야. 부모님한테도 경찰한테도 말할 수 없지만 무서워서 밖에 나갈 수도 없다며 우는 사에를 위해 뭔가 하고 싶어졌을 거야. '전부 다 잊을 수 있으면 좋을 텐데'라는 그녀의 말을 듣고 자신이 그렇게 해줄 수 있다는 사실을 떠올렸어. 그래서 학교에서 기억술사 이야기를 꺼내 사에의 귀에 들어가게 했어."

기억이 지워지기 전에 자신이 말한 걸까, 아니면 기억을 먹으면 전부 알게 되는 걸까. 마키는 나쓰키가 기억하지 못하는 나쓰키의 행적을 담담히 말했다.

"몇 차례 빵집에 다니면서 지우는 연습을 하고 그날에 대비했어. 사건이 있던 날은 점원에게 마지막 기회를 줄 생각으로 빵집에 간 거야. 하지만 그날 같은 생각을 하고 빵집에 갔던 메이코가 울면서 나오는 것을 보고 피가 거꾸로 솟아버린 거지. 점원의 기억을 통째로 날려버릴 만큼."

마키는 그렇게 말하고 아주 살짝 눈을 가늘게 떴다.

"친구에게 상처를 줬으니까 화를 내는 건 당연해. 그에 상응하는 벌이니까 신경 쓰지 않아도 된다고 전에도 이 이야기를 하면서 말했던 것 같은데……. 어쨌든 너는 점원의 기억을 예정했던 것보다 넓은 범위로 지워버렸고 점원은 무해한 사람이 됐어."

그런 다음 나쓰키는 아주 조금밖에 남지 않은 점원의 기억을 조금씩 지우면서 마지막 연습을 했다. 그런 다음 메이코를 만나 그녀의 기억을 지웠다. 다른 친구들의 기억도 한 명씩 차례대로 지우고 자신도 그날의 기억을 잃은 척했다.

기억하지 못하지만 자신의 일이라 쉽게 상상할 수 있었다.

"하지만 너는 그 뒤로 몇 년 동안이나 능력을 사용하지 않았어. 옛날에 네가 가진 능력에 대해 조사했을 때 인터넷에서 기억술사라는 도시전설을 보고 자신과 같은 능력을 가진 누군가의 이야기일지 모른다고 알아챘을 거야. 하지만 자신이 그렇게 될 거라고는 생각하지 않았던 것 같아. 기억하지 못하겠지만 너는 전에 나한테 상담한 적이 있어. 나는 아무리 능력이 있어도 사용하지 않으면 없는 것과 마찬가지라고 말했지. 그래도 너는 적극적으로 능력을 쓸 마음은 없는 것 같았어. 사 년 전 사에의 일이 없었으면 계속 사용하지 않았을 거야."

생각난 듯이 요리가 담긴 큰 접시를 당겨 나쓰키의 접시에 요리를 덜어주면서 마키는 목소리 톤을 살짝 올려서 계속 말했다.

"작년에 모델 여자애의 기억을 지워준 건 그 애의 팬이었기 때문이지? 괴로워하는 모습을 보고 도와주고 싶어졌을 거야. 그런 점은 나랑 닮은 것 같아서 기분이 조금 이상했어. 칭찬받을 일은 아닐지도 모르지만."

기억술사의 도시전설을 리나에게 말한 것도 나쓰키였을 것이다. 그렇게 인터넷에서 얻은 정보대로 도시전설 속 괴인을 연기하기로 한 것이다. 깊게 생각하지 않고 벌인 일이었는지도 모른다. 기억술사의 존재를 믿고 추적하는 사람이 있다는 건 생각지도 못했기 때문에 나쓰키는 무방비했다.

하지만 그 일을 계기로 이노세는 기억술사가 활동을 재개했다는 것을 알아채고 이 동네를 찾아왔다. 그다음은 마키에게 들을 것도 없이 쉽게 상상할 수 있었다. 나쓰키는 딱히 작정하고 기억술사가 된 것도 아니었다. 그래서 누군가에게 정체가 탄로 나거나 책망받는 경우는 예상하고 있지 않았다. 분명 동요했을 것이다.

사 년 전과는 달리 기억술사의 존재를 알아챈 사람이 있다. 나쓰키는 그의 추적에 대응할 정도의 배짱은 없었다. 모른다고, 기억나지 않는다고 우겨도 끝까지 속일 수 없을지도 모른다. 불안해졌다. 이대로라면 전부 잃어버리게 될까 봐 두려워졌다. 그래서 자신과 같은 능력을 가진 진짜 기억술사에게 도움을 요청한 것이다.

"딱 잡아떼봤자 이노세 씨한테 간파당할 거라고 생각해서 내가 기억술사였던 걸 전부 잊게 해달라고 의뢰한 거네."

기억술사는 자신의 기억은 지울 수 없으니까. 그리고 마키는 그 의뢰를 받아들였다.

"인터넷에 떠도는, 언니가 고등학생일 때 유행했던 기억술사, 이노세 씨가 찾고 있던 기억술사가…… 언니야?"

마키는 말없이 고개를 끄덕였다.

도시전설 사이트에 폴더가 생길 정도였으니까 마키는 나쓰키에 비하면 꽤 활발하게 기억술사로서 활동했을 것이다. 이노세도 그런 말을 했다. 하지만 어느 순간을 기점으로 기억술사가 나타났다는 소문이 뚝 끊기더니 어느샌가 사그라졌다.

"기억술사가 몇 년 동안이나 나타나지 않았다고, 더 이상 나타나지 않을 것 같아서 포기하려고 했다고…… 이노세 씨가 그랬어. 왜 활동을 멈춘 거야?"

나쓰키가 물어볼 거라고는 생각하지 못했는지, 마키는 조금 놀란 얼굴을 한 다음 입을 다물었지만…….

"……좋아하는 사람한테 거짓말하는 게 싫어졌으니까."

이내 가볍게 중얼거리듯이 대답했다.

"소중한 사람의 기억을 지운 적이 있어. 한 번이 아니라, 몇 번씩이나."

왠지 멍해 보이는 시선이 불안정하게 흔들렸다. 그때 일을 떠올리고 있는 것 같았다.

"만약 좋아하는 사람에게 심한 짓을 했다면, 용서받지 못할 심한 짓을 했다면…… 그랬다면 자신이 저지른 일의 결과를 받아들이는 게 옳다는 건 알아. 하지만 상대방의 기억을 지우면 내일도 계속 함께 있을 수 있어. 그렇게 생각하면⋯⋯."

지우지 않을 수 없었어.

그 마음은 충분히 알 수 있었다.

마리야를 떠올렸다. 이노세의 말도 떠올렸다. 상대방의 기억에서 자신의 실수를 지우는 건 방자하기 짝이 없는 행동이라고 이노세도 나쓰키도 생각했다. 하지만 그게 자신의 경우라고 생각했을 때 옳은 답을 선택할 수 있을 거라고는 장담할 수 없다. 마키는 그것을 부끄럽게 여기고 후회하고 있는 것 같았다.

"아무리 죄책감을 안고 있다고 해도 관계가 깨지는 것보다는 낫다고 생각했어. 하지만 괴로웠어. 그 사람이 나를 보고 웃어주는 건 다 잊었기 때문이니까, 내가 어떤 사람이고 어떤 심한 짓을 했는지 모르기 때문이니까. 내 진짜 모습을 알고 받아들이고 용서해준 게 아니라는 걸 알고 있으니까. 정말 원래대로 되돌리려면 양쪽 모두 잊어야 해."

"내 기억은 지울 수 없으니까 불가능하지만" 하고 덧붙이며 마키는 자조적으로 웃었다.

"하지만 그것 역시 진짜는 아니겠지. 자신의 기억을 지우고 죄책감을 없앤다고 해도 눈을 가리고 있을 뿐 과거가 사라지는 건 아니야."

그렇게 말하며 고개를 흔들었다.

"진짜 자신의 모습을 다 드러내고도 받아들여지는 건 정말 어려운 일이야. 하지만 그렇다고 해서 기억을 지워버리면 그 기회조차 사라져버리는 거니까."

나는 틀렸던 거야.

마키는 조용히 잘못을 인정했다. 아무도 비난하지 않았지만 규탄받는 죄인처럼 눈을 내리깔고 양손을 무릎 위에 포갰다.

"누군가를 위해서라고 변명해도 그것을 무마하기 위해 능력을 사용한다면 역시 자신을 위한 거야. 울고 있는 사람을 동정하는 것도 자신이 보기 괴로워서 내버려둘 수 없는 거니까. 전부 다 자신을 위해서야. 언젠가 보이지 않는 곳에서 다른 누군가가 울게 될지도 모르는데. 나는 기억을 지우는 게 어떤 건지 알면서도 자신을 위해서 능력을 써버렸어. 기억술사는 정의의 히어로 같은 게 아니야. 제멋대로인 괴물이야."

천천히 조용하게 감정이 격해지지 않도록 의식하면서 말하고 있다는 게 전해져왔다. 그럼에도 마키가 자기 자신을 용서하지 않고 있음을 알 수 있었다. 그녀 안에 소용돌이치고 있는 감정이 엿보였다. 마키도 자각하고 있었는지 숨을 훅 들이마시고 내뱉은 다음 작은 목소리로 "미안"이라고 말했다.

"아무리 후회해도 한번 지운 기억은 되돌릴 수 없어. 처음부터 다시 시작할 순 없지만 더 이상 기억술사가 되지는 않겠다고 다짐했어. 몇 년 동안이나 능력을 사용하지 않았어. 그러다 네가 기억술사를 찾고 있다는 걸 알게 된 거야. 사정을 듣고 네 기억을 지워준 건 너도 나처럼 거짓말을 그만두고 싶어 했기 때문이야. 도움이 되고 싶었어."

하지만 그게 마지막이야.

거기까지 말하고 나서 마키는 나쓰키를 바라보았다.

"미안. 나 정말로 제멋대로지."

고개를 살짝 기울이고 눈썹을 늘어뜨리며 웃었다.

"누군가에게 말하고 싶어졌어. 내 책임이니까 혼자인 걸 받아들여야 한다는 건 알지만 말이야. 네 기억도 애써 지웠는데. 듣고 싶지 않았던 거면 지금 이 기억도 지워줄게."

"……으으응."

고개를 옆으로 흔들었다. 왜일까. 충격은 없었다. '아아, 그랬구나' 하고 빠져 있던 조각이 원래 자리에 들어맞듯이 이해되었다. 기억은 없어도 알고 있었던 것이다. 안심한 것 같은 이상한 기분이었다.

"알려줘서 고마워. 뭔가 개운해졌어."

애초에 기억을 지우게 된 것도 이노세의 추궁에서 벗어나기 위한 것이었지, 자신이 기억술사였던 사실을 지우고 싶었던 건 아니다. 마키처럼 고뇌했던 것도 아니다.

이노세는 이제 나쓰키를 의심하지 않을 것이다. 목적은 달성했다. 이 사실을 지금 알게 되어서 다행이었다. 메이코가 기억술사일지도 모른다고 의심했을 때 훨씬 마음이 혼란스러웠다. 메이코가 기억술사여도 상관없다고 생각할 수 있게 된 다음이어선지 자신에 대한 것도 덤덤히 받아들일 수 있었다.

(그리고 이제 다 끝난 일이다.)

기억술사는 더 이상 나타나지 않을 것이다. 더 이상 아무도 구하지 않는 대신 피해자가 나오는 일도 없을 것이다. 그건 누구보다도 나쓰키가 가장 잘 알고 있다. 그래서 안심할 수 있었다. 이걸로 끝이다.

"저기, 언니는 기억술사를 그만뒀는데 나를 위해서 일부러 와주고, 내 기억도 지워주고, 정말 고마워."

자신보다 훨씬 더 지치고 상처받은 것처럼 보이는 마키

의 손을 잡았다. 자신과 같다고 했지만 사실은 같지 않았다. 마키는 나쓰키의 기억까지 떠맡아주었다. 혼자 모든 기억을 짊어지고도 아무것도 모르는 척해준 것이다. 기억술사는 혼자라고 했다. 무엇보다도 그게 가장 괴로웠을 텐데도 나쓰키의 바람을 이뤄주었다. 나쓰키만 놓아주었다.

"그동안 고맙다는 인사도 못 해서 미안해. 언니 혼자서 떠안게 해서 미안해. 알려줘서 기뻐. 그리고 도와줘서 고마워."

부드러운 손을 꼭 잡고 눈을 보며 말했다. 마키가 말한 대로 기억술사는 정의의 히어로가 아닐지도 모른다. 자신이 공감할 수 있는 사람의 바람만 이루어주고, 자신을 지키기 위해 능력을 쓰고, 연루된 사람들을 희생시키는 행동은 분명 제멋대로다.

(하지만 그건 괴물이 아니야.)

그런 존재를 괴물이라고 부르지 않는다. 그것은 그냥 인간이다. 누군가가 도와주길 바라는 마음은 마키도 같을 것이다.

"나는 기억을 지우는 방법도 다 잊어버렸지만, 그렇지만 나도 할 수 있는 거잖아. 그렇다면 생각해내고 연습해서 언니의 기억도 지워줄 수 있지 않을까."

나쓰키의 말에 마키가 다정하게 미소 지었다. 나쓰키가 좋아하는 언니의 표정이었다.

"그렇게 되면 좋겠다고 계속 생각했어."

마키는 기쁜 듯이, 그리고 왠지 조금은 겸연쩍은 듯이 웃은 다음 나쓰키의 손을 마주 잡았다. 그리고 단호하게 말했다.

"하지만 괜찮아. 나는 내가 한 짓을 잊어서는 안 된다고 생각해."

망설임이 없는 건 아니겠지만 딱 잘라 말하는 마키는 예뻤다. 무심코 넋을 잃고 쳐다보았다.

나쓰키는 멈춰졌다. 이노세와 마키에 의해. 혼자가 되어 버리기 전에 멈춰질 수 있었던 것은 행운이었다. 지금까지 몇 명이나 되는 사람들에게 도망칠 길을 만들어준 마키에게도 도망칠 길은 주어져야 한다고 생각했다. 하지만 마키는 편해지는 길이 아니라 자신과 마주하는 길을 선택할 거라고 말했다.

자신에게 벌을 주듯이, 지울 수 없는 기억을 혼자서 전부 껴안은 채. 기억술사로서 마키가 벌을 받을 필요가 있다고 해도 이미 충분히 괴로웠을 것이다.

(그것이 강하고 깨끗하고 아마도 옳은 일일 것이다.)

그것이 기억술사로서 마무리를 짓는 방법일지도 모른다.

"언니, 나한테는 뭐든 언제든 말해도 되니까."

슬픔인지 뭔지 알 수 없는 감정이 북받쳐 자리를 옮겨 마키를 꽉 껴안았다. "아하하, 고마워" 하며 마키가 나쓰키의 등을 토닥거렸다. 나쓰키가 마키의 비밀을 알게 됐으니 엄밀히 말하면 마키는 더 이상 혼자가 아니었다. 그 사실이 그녀의 괴로움을 조금이라도 덜어주면 좋겠다고 생각했다. 하지만 마키가 정말로 털어놓고 싶은 상대는 따로 있는 것 같은 느낌이 들었다.

살짝 몸을 떼고 양팔을 잡은 채 마키에게 말했다.

"진짜 자신을 내보인 다음에 받아들여지는 거…… 그거 지금부터 하면 안 되는 거야?"

다른 뜻 없이 그냥 물어봤을 뿐이다. 마키는 조금 놀란 얼굴을 하더니 눈물을 글썽거렸다. 큰 눈에 눈물의 막이 차오르는 것을 가까이에서 보니 가슴이 철렁했다. 저도 모르게 사과하는 나쓰키에게 마키도 조급한 모습으로 고개를 휘휘 저었다.

미안, 나 뭔가, 으음, 아니야, 괜찮아. 서로 그런 말을 하면서 허둥대고 있었더니 다른 손님이 이쪽을 흘끗 보고 지나갔다. 그걸로 조금 머리가 식었다. 마키의 팔에서 손을 떼고 적당한 거리를 두었다.

"……미안."

"아니야, 나야말로."

그래, 언젠가. 어쩌면. 마키는 울진 않았지만 울기 직전의 얼굴로 웃으며 말했다.

*

예를 들어 자신이 기억술사라는 것을 메이코가 알게 됐다고 가정하고, 메이코가 자신을 무서워하거나 거부하면 어떻게 할지 생각해보았다. 사실을 전한 결과니까 자업자득이라고 포기하고 현실을 받아들일 수 있을까.

(아주 살짝 메이코의 기억만 지우면 어제까지와 다름없는 친구 사이로 돌아갈 수 있는데?)

가슴을 펴고 긍정할 수는 없었다. 아주 살짝 시간을 되돌리듯이 상대방의 기억을 지우고 없었던 일로 만든다. 그런 건 일반적으로 할 수 없는 일이다. 할 수 없기 때문에 받아들이고 마주하고 거기서부터 앞으로 나아가는 수밖에 없다. 다들 그렇게 하고 있다. 하지만 나쓰키는 '없었던 일'로 만들 수 있다.

(나만 다시 시작하는 건 치사할까? 할 수 없으니까 못 하는 것일 뿐 누구나 그렇게 하고 싶다고 생각하잖아.)

(날 때부터 부자인 사람이 돈으로 문제를 해결하고, 날 때부터 머리가 좋은 사람이 머리를 써서 문제를 해결하고, 그거랑 뭐가 다른데.)

자신이 갖고 있는 능력을 자신을 위해 쓰는 게 뭐가 나빠. 누가 비난하는 것도 아닌데 하고 생각하다가…….

(아니야, 그렇지 않아.)

과격한 생각을 뿌리치듯이 머리를 흔들었다. 그런 이야기가 아니다. 무단으로 상대방의 기억을 지우는 것, 그 사람만의 것인 기억을 자신에게 유리하게 도려내버리는 것, 그 행위 자체가 용서받지 못할 일이라는 걸 사실은 알고 있다.

나쓰키의 기억은 예전 자신의 바람에 의해 깨끗이 지워져 이노세에게 지적받을 때까지 사라진 것조차 알아채지 못했다. 하지만 의사에 반해 기억이 지워지는 것은 상상하는 것만으로도 소름이 끼쳤다. 자신을 구성하는 일부분이 도려내진다. 그리고 두 번 다시 돌아오지 않는다. 그 기억에 근거해 존재하는 지금의 자신은 사라져버린다. 정말 무서운 일이었다.

(아무것도 하지 않아도 기억은 조금씩 사라져가지만.)

무엇을 잊고 무엇을 기억할지, 그건 본인만이 선택할 수 있는 것이다. 그것을 무단으로 빼앗는 행동이 용서받을 수 있을 리 없다. 상대방을 잃지 않기 위해 상대방의 의사를 무시하고 기억을 지워 없앤다니.

(사랑하는 사람에게 그런 일은 하고 싶지 않아. 하지만 사랑하는 사람에게 미움받는 것도 무서워.)

어느 쪽을 선택해도 후회할 거라면 처음부터 알리지 않는 편이 좋다. 그렇게 생각해버리는 것도 이해할 수 있었다. 그러니까 기억술사는 혼자인 것이다. 마키의 옆모습을, 그리고 울 것 같은 눈으로 웃던 얼굴을 떠올렸다.

"왠지 더 추워진 것 같아."

하굣길에 메이코와 나란히 걸으며 하늘을 올려다보았다. 토요일 수업은 오전뿐이라 돌아가는 길이 환하다. 공기는 차갑지만 햇볕이 닿은 볼이랑 손은 따뜻했다. 반짝반짝 빛나는 햇빛에 눈을 가늘게 뜨고 메이코가 "그렇네" 하고 대답했다.

"……요전에 말했던 기억술사 이야기. 그거 해결했어. 확실하게 끝났어."

사실은 이미 끝났다. 나쓰키가 깨달았을 때. 이제 더 이상 기억술사가 나타날 일은 없다. 별것 아닌 이야기의 뒤를 잇듯이 나쓰키가 말하자, 메이코는 "그래" 하고 어딘지 복잡한 듯한 표정으로 끄덕였다.

"나쓰키, 왠지 좀 변한 것 같아……. 나쁜 의미는 아닌데, 조금."

"그런가"라고 답한다. 짧은 시간 동안 이런저런 일이 있었다. 지금까지 생각해본 적 없는 일에 대해서도 생각했다. 성장했다고 하기에는 발전적인 면이 부족하다. 자신의 방자함을 자각하고 있기 때문에 자기 평가는 오히려 떨어진 것 같은 느낌도 들지만 메이코가 그렇게 느꼈다면 그럴지도 모른다. 분명 예전과는 아주 조금 다른 자신이 되어 있었다.

(하지만…….)

"똑같아."

그것도 자신이었다. 메이코가 모르는, 나쓰키 자신도 잊어버린, 기억술사로서의 나쓰키도. 좋아할 수는 없지만.

이노세와 몇 번 만났던, 그와 있는 것을 메이코에게 들켰던, 그 카페 앞에 접어들었다. 메뉴 사진을 붙인 칠판과 큰 창문과 짙은 녹색으로 칠해진 문과 벤치. 겨울인데도 잎이 무성한 식물들만 심겨 있어 그것들 전부를 둘러싸듯 가지를 뻗고 있었다.

큰 올리브 화분에도, 이름을 모르는 나무들에도 꽃은 없고 온통 녹색이었다. 하지만 머지않아 꽃이 피면 가게 분위기도 꽤 달라지겠지. 멍하니 그런 생각을 했다.

녹색 벤치 앞에서 멈춰 섰다.

앞으로 나아가지 않으면 안 돼.

아직 춥지만 이제 곧 봄이 오니까.

알아채지 못하고 몇 걸음 앞으로 간 메이코가 '무슨 일이야?'라고 묻듯이 발을 멈추고 돌아본다. 얼굴을 마주 보고 눈이 마주쳤다.

"이야기하고 싶은 게 있어."

목소리가 떨리지 않아서 안심한다. 숨을 들이마시고 등줄기를 폈다.

"들어줄래?"

옮긴이 유가영

전남대학교 일어일문학과를 졸업하고, 현재 전문번역가로 활동 중이다. 옮긴 책으로는 『셰익스피어 사랑학』, 『논어의 말』, 『행복은 내 곁에 있다』, 『육아고민』, 『9040 법칙: 인생의 90퍼센트는 40대에 결정된다』, 『수첩 속 비밀』, 『진짜 경제학』, 『일러스트로 읽는 괴짜 화가들』, 『베이글녀 가슴처럼』, 『맛집천국 도쿄』, 『농사꾼, 고액 연봉자 되다』 등이 있다.

기억술사 3: 진실된 고백

1판 1쇄 발행 2017년 4월 24일
1판 9쇄 발행 2022년 7월 6일

지은이 오리가미 교야 **옮긴이** 유가영
펴낸이 김영곤 **펴낸곳** (주)북이십일 아르테
책임편집 정혜경 **디자인** 데시그
아르테출판사업본부 문학팀 최연순 임정우 원보람
해외기획팀 최연순 이윤경
출판마케팅영업본부 본부장 민안기
출판영업팀 이광호 최명열
마케팅2팀 나은경 정유진 박보미 백다희
제작팀 이영민 권경민

출판등록 2000년 5월 6일 제406-2003-061호
주소 (우 10881) 경기도 파주시 회동길 201(문발동)
대표전화 031-955-2100 **팩스** 031-955-2151

(주)북이십일 경계를 허무는 콘텐츠 리더

아르테 채널에서 도서 정보와 다양한 영상자료, 이벤트를 만나세요!
페이스북 facebook.com/21arte **인스타그램** instargram.com/21_arte
포스트 post.naver.com/staubin **홈페이지** arte.book21.com

ISBN 978-89-509-6962-2 (04830)
        978-89-509-6963-9 (세트)